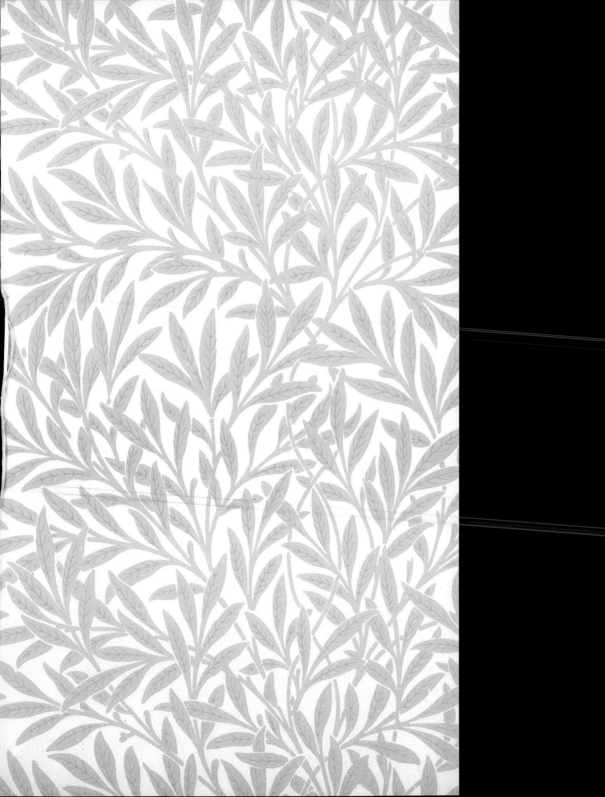

三民叢刊 266

# 效顰五十年

黃文範 著

三民書局印行

# 自序

半世紀以來，我面對層出不窮的挑戰，沉浸、享受兩種偉大語文對比與轉換過程的工作，幸能做到「一生懸命」，無怨無悔。翻譯所秉持的方針，便是「不強以不可，不語所未至；得寸則守寸，為言所欲言」。只相信「鍥而不舍，金石可鏤」，從不輕言放棄。在《效顰五十年》一書中，我備述多年的執著與艱難，自信「做到了」，而且還會繼續做下去，這就是對自己的一種肯定。

翻譯，一如任何專業，善始者實繁，克終者蓋寡，其中有許許多多原因，以我的親身體驗來說，「瓶頸」所在，十之八九並非「原文」而是「譯文」，在表達功能的中文上，遇到了故障；我曾在〈黛妃薨〉一文中，談到這個問題。

我策勵自己強化譯文的辦法：首先便是時時刻刻劄記翻譯過程的心得與體驗，細大不捐，條分縷析；近十五年來，陸陸續續出版了《翻譯新語》、《翻譯偶語》、《翻譯小語》三冊翻譯理論。其次，便是譯餘以歷史及小品文字自遣，出版了《萬古蘆溝橋》、《菩提樹》及《領養一株雲杉》三冊散文。我治譯以來，省悟偶爾創作，可以作為翻譯一種移情減壓的方法，譯作隨他人，創作出諸己，梁實秋先生的《雅舍小品》，出自他迻譯《莎士比亞全集》之暇所作，雖不能至，心嚮往之。所以偶爾也寫些文字，但對這些譯餘之作，更為慎重將事，尤其在業餘的歷史考據上，由於治史與治譯所必修的資料學相同，頗盡了一番力量，我對創作喻同親生骨肉，反而分外珍惜。

這集《效顰五十年》，為我在二十一世紀所出的第一本散文集，結合了「譯齋寄趣」與「史頁拾遺」於一書，足以說明我治譯過程中強化中文的進程。

有人曾問梁實秋先生，做翻譯要有些什麼條件？他的回答出人意料，既不是說要外文精通，也不是中文拿手，而說：「做翻譯的第一項條件為長壽。」

其實，梁先生所要表達的「長壽」，還包括了「體健」在內。一如有人問麥克阿瑟將軍，軍人的重要責任是什麼，他不說「國家、責任、榮譽」，而說：「軍人的第一責任，便是維持強健的體格。(The soldier's first duty is to keep fit.)」可謂異曲同工，一語中的。

治譯有賴身心健全，才能致志專心，蓄積旺盛的鬥志；更需累積多年寶貴的經驗，日就月將，「土積成山，則豫樟生焉」，做得久了，記憶庫容量中的心得愈多，道理自然出來。我原先的生涯規劃，立意超越林琴南所譯的一千二百萬字，以翻譯出版成書的兩千萬字為目標。到八十八年，已累積了兩千二百多萬字；自八十八年七月起，又為「國史館」迻譯《美國國務院臺灣密檔》，在三年九個月的時間中，經電腦統計，共譯成達一百六十五萬九千四百八十六字。相形之下，「譯質」文白不同，容有差別，但「譯量」則僥倖能為林琴南所譯書的一倍。只是這部空前的中譯外檔，「國史館」只擬留館參考而無意發行。

回味此生治譯的經過與經驗，我從未憑藉電腦，認定電腦輸入，無法與我手寫的速度相比擬，自認這一生的翻譯與寫作，得力於「筆快眼明」，證實了梁實秋先生所言，治譯須資深而體健的真理；陸放翁的兩句詩，可以代表我對上蒼與這塊土地庇佑的感恩：

細書如蟻眼猶明，天公成就老書生。

——九十二年九月二十二日台北縣花園新城

# 效顰五十年

## 目次

史頁拾遺

# 譯齋寄趣

# 效顰五十年

## 譯者像演「雙簧」

八十一年十月十三日到十六日，陸、港、澳、臺七十多位翻譯工作者，在珠海白藤湖的金融度假村，舉行翻譯界頭一遭的「海峽兩岸外國文學翻譯研討會」。主人為大陸社科院外文研究所所長吳元邁，和副所長呂同六、黃寶生，以及中國翻譯工作者協會主編林煌天等幾位先生。臺灣方面應邀與會的人士，為余光中、汪希、陳長房、張先信、張定綺、林耀福、金恆杰、金陵、胡功澤與我共十人。會中收到三十七篇論文，由於時間迫促，雖只宣讀了二十一篇，但兩岸譯界睽違四十多年，彼此仰慕已久，會中會外，討論交流十分深入熱烈。

有位翻譯家閒聊時，談到翻譯的定義，認為歷來諸家說法不一，各見功力，他有心摘記，竟達一百多條。其中，蕭乾的闡釋獨具一格：

> 譯者有點像相聲演「雙簧」時前邊的那位，因為他得想方設法，去模仿表達後邊那位的話，所以花的力氣更多。

這一條把翻譯解釋得這麼平易近人，使人為之莞爾。

當時結識的浙江大學教授宋兆霖兄，便問我的定義是什麼。我說大會中討論直譯義譯、形似神似，這是爭執幾十年的老問題了，「似」即是蕭乾一語中的「模仿」；因此，我對翻譯所下的破題是：

> 翻譯云乎哉，效顰而已矣！

## 從事翻譯，惟「勤」「實」二字

民國四十一年，我自美國回來，由於教學需要，逼上梁山，一頭栽進翻譯這片陌生的領域裡，誤打誤撞，也許對中了自己的哪一根筋，竟由興趣而培養出了樂趣，始終樂此不疲，命中注定，要投身這一條冷僻的荒徑，五十年來未嘗須臾離，這才體驗出「知之者不如好之者，好之者不如樂之者」這句話的真實。

我半途出家，投身翻譯，獨學而無友，只有專從實務上磨練，一個字兒一個字兒不斷地譯、譯、譯，從實際經驗中，悟出翻譯的原則與道理；既無名師指點，也就沒有包袱在身，才能抬起頭來，放開腳步，奠定自己的見解，以實踐作檢驗的標準，不與他人的見地同框框。

驀然回首，細數醜東施半世紀來的成果，對自己竟爬過這麼一座高峰，也悚然吃驚。體味到海明威所說作家要有「鞠躬盡瘁」的投入精神：

> 作家不能像投手一般可以換下來，哪怕要了你的命，也不得不投完這整整九局。

一生與翻譯結緣，只因本身歷經了「在職訓練」中科技翻譯、新聞翻譯與文學翻譯三個階段的磨練，循序漸進，自易入難，「經歷十分完整」。這三種翻譯的要點，分別要求注重信、達與雅。又陵先生一八九六年所定的三項原則，一百多年來，後人對「雅」迭有微詞。但我則認為這是他留英時，承襲了法儒古霑 (Victor Cousin) 美學三論「真善美」的原則，他所說的，實際上「信即是真，達即是善，而雅即是美」，近年來對「雅」的爭議、疑難、質詰，便迎刃而解。

經過這種自我訓練後，我認定從事翻譯，只有「勤」、「實」二字，勤能補拙，少說多做；實能破虛，腳跟可定。翻譯有原文可稽，白紙黑字兩兩對照，取不了巧，投不得機，雖天地之大也無所迴避，無所遁形。不像創作可以避重就輕，無中生有，只有勤勤快快實實在在，有一分證據說一分話譯一個字，才能獲得讀者的信任。

## 譯《古拉格群島》前後共達七年

我所譯過出版的書籍中，除開科技類的專業書籍外，文學類中的小說、散文、傳記、歷史與勵志五類共八十冊，其中兩部巨構七冊，一先一後，都出自俄國作家。

在沒有實施著作權法以前，翻譯人譯書雖然自由自在，但在日湧千書的世界書市場中，如何選出一本好書來譯，這是一個問題。我的辦法便是先看書評，不但勤閱《時代》與《新聞週刊》，而且還訂了《紐約時報書評》，自高手法眼過濾的群書中，找自己的資料。

我譯過索忍尼辛《一九一四年八月》與《第一層地獄》兩部長篇小說，但譯《古拉格群島》，便是自《紐約時報書評》的如潮好評中得來，只是當時書評人似乎也不知道索忍尼辛這一部書竟是達三集之鉅的龐大結構。

從六十三年年初起，我便打算要譯「全」這一部書，原來以為只有上集那麼一部，我在〈植書如培佳子弟〉一文中，自勉要「奮起勇氣克服一切艱難，譯完這部氣勢磅礴的世紀鉅著，對原作、對讀者，才算有個全始全終的交代」。中譯有五十四萬六千字的篇幅，寫得夠周密詳盡了吧。誰知道譯到七百三十二頁，才從原文中看出，還有第三篇與第四篇的中集，我在〈譯序〉中自述當時的心境：「這一下可真捋到虎鬚了！」

譯到六十六年元月十二日，總算把厚達一千零二頁，字數共六十三萬字的這個中集譯完，又要癡癡等待下集的英譯本出版。下集含第五、六、七三篇，還有後記、再記；

一九七八年出版，當年九月十六日便開始迻譯，雖然是三集中篇幅最少的，只得五十三萬六千字許，卻也譯了一年一個月又兩天，而出書更在將近一年以後。

細細回顧，也虧得英譯本的兩位譯者接力分譯，逐次出書，難窺全豹，才使我有勇氣敢於一步步往前走；否則要把這厚厚的三大冊集中來譯，以一個身無恆業，朝夕為稻粱謀的自由翻譯人，可能就給震懾住，早早打過退堂鼓了。

該書三集全部譯完，從六十三年伊始，到六十九年出齊，時間上跨越了七年，就「淨投入時間」來說，以每天看兩千字的原文，譯稿寫兩千字，校對兩千字的工作量計算，一共連續工作了兩年四個月又三天——沒有假日，沒有休息——才算把這部一百七十一萬二千字的鉅著完成。這三集厚達兩千八百零一頁的大書，在我的翻譯生涯中，是空前最大的一部。

舉世這部書上中下三集的英、日、德、法文譯本，都是幾個翻譯家連續接龍，唯有中文版，由我一個人譯就；甚至第一集的上冊，還自費發行過，七十二年十月二十九日，索忍尼辛訪臺灣，曾為我這個孤本簽名留念。當時那種狂熱的投入，至今回顧，也深以為傲。

## 譯俄國文學作品的第一難題：人名

六十七年時，遠景出版社的沈登恩先生，全力進行「世界文學全集」的出版。在這個「全集」的合作過程中，我翻譯了雷馬克三本小說《西線無戰事》、《里斯本之夜》以及《凱旋門》；但我覺得意猶未盡，所以他和我談到我還想譯哪一部文學名著，身為翻譯界的一名散兵游勇 (a freelance translator)，多年以來，夢寐以求，希望能譯出托爾斯泰的一部鉅著，我毫不躊躇便說：「《戰爭與和平》！」

聽到自己說出這本書名，也不禁吃了一驚；然而，一個以文學翻譯為職志的人，怎能抗拒得了譯這一部書的誘惑和挑戰？雖然《戰爭與和平》已經有過好幾個中文譯本，說不定海峽對岸也正有新譯本出現，珠玉紛陳，你敢和這些版本較勁兒嗎？

有什麼不敢！我就是我！一首世界聞名的交響樂，各指揮大家的詮釋與演奏，絕不會完全相同；一個玉體豐滿的模特兒，多枝畫筆下的素描各異。一本名著，譯來各有各的風格，前人縱然譯過，時代已經不同，語文也在不知不覺中有了改變，適合從前的譯法，未見得能為現代所接受，一代應當有一代的譯品，《金剛經》都經六譯、《心經》十譯、《聖經》譯本，數以十計。當仁不讓，舍我其誰，有什麼可退縮的呢？

但是，譯這部世界文學名著，一定得要有自己的途徑，有別於他譯，才能呈現一番新面貌，以適合當代的讀者。

譯俄國文學作品的第一個難題便是人名，拙譯不蹈耿濟之譯《卡拉馬助夫兄弟們》一個音節也不少譯的覆轍，走的也並不完全是傅東華譯《飄》的路子，只因為《戰爭與和平》是一部歷史性小說，帝王將帥真有其人，公子佳人則純出虛構，「假作真時真亦假，無為有處有還無」，假假真真，要採取統一的譯法很難。因而想到了霍克思譯《紅樓夢》的人名譯法，大致上他對主子輩都採音譯，像寶玉 (Bao-yu)、黛玉 (Dai-yu)；使女則取義譯，像晴雯 (Skybright)、襲人 (Aroma)；出世的人物也取義譯，如警幻仙姑 (Disenchantment)、妙玉 (Adamantina)；此外又有兼取音義的譯名，如焦大 (Big Jiao)……這種譯名法則並不是翻譯家高下隨心，漫無章法，而是由於長篇小說人物眾多，為了避免使本國讀者厭煩過於單調，而採取的一種權宜辦法。

《戰爭與和平》出場人物之多，不下於《紅樓夢》，所敘述的也是俄國鮑 (Bolkonsky)、羅 (Rostov)、寇 (Kuragin)、貝 (Bezuhov) 四府，在一八一二年俄法戰爭前後的悲歡離合愛恨死生的交織。因此我對書中虛構的人物譯名一律從簡，如 Natascha Rostov 譯為羅妲霞，Andrei Bolkonsky 譯為鮑德烈，Nikolai Rostov 譯為羅宜柯，Maria Bolkonsky 譯為鮑瑪麗，Pierre Bezuhov 譯為貝畢瑞，Vasska Denisov 譯為鄧華斯……至如歷史上的真正人物，如俄皇亞力山大一世 (Alexander I)、俄帥庫圖佐夫 (Kutozov)……則採取姓氏全譯，不稍刪減。

俄國文學傑構的中文譯本，一般來說，有兩個致命傷：一為過長的人名；二則為夾雜法文。有些翻譯家遇到句子裡的法文，居然可以一字不譯，原版呈現，等於要讀者囫圇吞棗，自個兒去噎死。這種愛掉書袋不能深入廣大讀者群的毛病，托爾斯泰自己也知道，他在一八七三年修正全集版本時，便刪去了法文；我採用的一九五七年艾蒙絲女士 (Rosemary Edmonds)《戰爭與和平》英譯本，便遵照托翁訂正本，法文一掃而空。

經過二十六個月的筆耕，從六十七年八月二日十六時五十分始譯，到六十九年十月十九日十七時譯畢，共譯了一百三十九萬九千字，使這部一百一十二年來始終享譽世界的文學偉構，以新形象呈現在讀者眼前，內心自是說不出的興奮和快慰。

## 《瑪麗蓮夢露傳》所受到的誤解最大

在傳記類，我譯過美國近代五位名人，四男一女，頗為均衡。分別為「美國凱撒」麥克阿瑟將軍、飆舉霆擊的巴頓將軍、轟炸東京的杜立特將軍、讀者上億的名記者恩尼派爾和傾國傾城的瑪麗蓮夢露。其中對恩尼派爾下的功力最大，當時得到《中央日報》社長石永貴先生的支持，一口氣譯成了派爾的新聞報導及傳記五冊「全集」。

只是，傳記中以《瑪麗蓮夢露傳》受到的誤解最大。

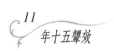

近三十年前，也就是六十二年七月十六日，《時代》雜誌評這本書，封面便是嬌態可掬的瑪麗蓮夢露，柔荑玉手揉進諾曼梅勒(Noman Mailer)蓬蓬如獅的頭髮中，把他腦袋埋進自己的酥胸裡，美人才子，搭配得十分吸引人。

諾曼梅勒為二次大戰後一代的重量級作家，擔任過「美國筆會」會長，以《裸與死》(*The Naked and the Dead*)這部長篇戰爭小說出道而聞名於世。他寫過不少小說，《夜晚的大軍》(*Armies of the Night*)更得到了一九六九年的普立茲獎。正當他聲譽如日中天時，請他來寫夢露傳，以小說大家寫美豔巨星，足見這本傳記當時的轟動了。如果以現代人物來比擬，那就相當於高陽不寫《蘇州格格》，而概允寫《阮玲玉傳》一般。

然而，這本傳記譯成出版以後，有人據此書為題，說我所譯的只不過是「影視娛樂」類，言下不值一顧。我想評論的人可能看輕了瑪麗蓮夢露，也不知道諾曼梅勒的分量，才對這本傳記作出了這種論斷。

## 貨幣單位的譯法應統一

若有人問：閣下翻譯了一輩子，生平得意的譯作是什麼？

我的回答為「沒有」。幾乎每一本翻譯作品出版以後，自己翻閱，總會發現有不足、不妥之處，自慚「怎麼能這麼譯？」總希望在下一部書中，能譯得更好一點；知道超越自我，這就是一種長進。翻譯如文明，成熟了就開始退化；如果自認過去的翻譯完美，沒有改善的餘地，便可以肯定本身翻譯的功力到此為止，不可能更上層樓了。

我對此生翻譯出版了的兩千四百萬字，自認「沒什麼稀罕，都是虛空」。翻譯史上，林琴南譯了一千二百萬字，到如今，他的書有誰看？當時他那些使中國人耳目一新的譯名：甲必丹、淡巴菰、密昔司、馬丹與披雅娜，都已灰飛煙滅，進入歷史。「後之視今，猶今之視昔」，翻譯的字數可以代表一個人投入的時間長，對翻譯的鍾情久，但這只是一種成果，而說不上是成就。

反而，我生平最最引以為慰為榮的，卻是只得兩個字的一個譯名，這一個譯名為我所創，得到舉世華人的認同，納入中文的新詞彙，而且會傳承下去。

這個譯名便是「歐元」(Euro)。

我一向都不認為翻譯是象牙塔裡的玉女金童，不食人間煙火，拒與塵世相往還。相反地，翻譯應該是紅塵十丈中的健男姣女，隨著時代脈動，與社會緊密結合，為人群服務。早在民國六十四年起，我以翻譯名詞「依義不依音」原則的立場，談社會上一些譯名的不當，便以〈貨幣單位譯名的改革〉(64.6.27.)、〈貨幣單位的翻譯〉(70.4.1.)、〈貨幣譯名該改了〉(76.10.3.)、〈貨幣譯名過五關〉(76.11.20.)一系列的文字，倡言將目前習用音譯的外國貨幣單位名稱，統一成「以我為主」的義譯。說一丈不如做一尺，我在譯《西線無戰事》中，譯「馬克」為德元；《凱旋門》中，譯「法郎」為法元；《里斯本之夜》中，譯「厄斯庫多」為葡元；《一九一四年八月》中，譯「盧布」為俄元。

七十九年七月二十五日，洛夫、郭嗣汾、丁慰慈、韓濤、蓉子、上官予、向明、楊平、丁琛、丹扉、黃秀日、張麟徵、郭榮宗、林鈴蘭、徐國菴及區區作家詩人畫家等一行二十六人，赴蘇聯東歐作十八天的文化訪問。承辦的合眾旅運社，要印一份手冊，其中有關各國貨幣名稱，列出盧布、茲勞梯、馬克、科隆納、佛林特、狄納和先令七種，看得人一個頭有兩個大。我便勸總經理陳景圓小姐，改成俄元、波元、德元、捷元、匈元、南元、奧元，果然便表達得清清楚楚了。

所以，七年前歐盟採用統一的貨幣 EMU（Europe Money Unit，歐洲貨幣單位，後來改稱 Euro）掛牌以前，我早在八十年五月十三日的《新聞鏡》上為文，大聲疾呼，力主將這種會搶手的強勢貨幣譯為「歐元」！而今這一譯名終於得到社會一體採用，沒有重蹈譯成「歐幣」、或音譯「歐羅」的覆轍。

卡夫卡說：「作家有責任保護自己的作品。」天文學界對新星的稱謂，即令只一秒之差，也以最先發現的人名命名。我提出這些證據，證明我的這一譯名，並不如一般想像中洋場才子譯「可口可樂」般，靈機一動，便一揮而就。而是根據翻譯理論的原則，筆諸文字，身體力行，歷經十六年的鼓吹與醞釀，在第一時間提出這種新貨幣的譯名，方始成功，絕非倖致，這個創造而非效顰的譯名，我至為珍惜。

我最最欣慰的，並不只是「歐元」的名詞問世，而是已有人意識到將來亞洲的統一貨幣，說要命名為「亞元」，跳出兩百年來，貨幣單位買辦譯的陷阱。點醒了國人，只有義譯的名詞，才能在中文內可大可久。

## 文學翻譯有三樂

回顧我從事翻譯最大的收穫，便是優游涵泳、無往而不自得的至樂。讀書本是人生樂事，而文學翻譯更有三樂：字字句句細讀舉世文學大家精品，反覆咀嚼，體會真意，一樂也；經過仔細推敲，把它們化為中文，與讀者共析賞、共陶醉，獨樂樂不如眾樂樂，二樂也；從事這種專業，電腦替代不了人腦，既可安身，又能立命，每一個字兒都附世界文學名家的驥尾，不啻如出己口，直等立言，三樂也。

世界上，能使讀書、志趣、工作、成就凝為一體的樂事並不多，文學翻譯卻是其中之一。我樂此不疲，堪稱此生有幸了。

——九十年十一月五、六日「聯副」

# 譯齋逸哉

書房的北窗，兩幅整片的玻璃外，便是樓下鄰居後園中葉茂枝榮的一株玉蘭花，園坡下面的那株相思樹，骨格粗大，在三春的料峭微寒裡，正盛開著細細碎碎的黃花，遠處，便是濃綠遍布的南山了。

南山從新店溪緩緩升起，山脈漸漸向東升高，山谷流下的蘭溪北側，原來有一片近一兩甲的稻田，還有一幢頗舊的農室。六十二年，我來選擇住宅時，春靄四合，農舍正冒起了裊裊的藍色炊煙，收割後的稻田中，有孩子追逐的嬉戲歡笑聲，金色的夕陽，照耀在農舍後面一片森森竹林上，晚風吹翻了竹葉，聽得到沙沙刷刷聲，一對白鷺展翅緩緩在山谷上空飛過，映襯在那一片墨綠的岡巒屏風上，我怦然心動，作了一個至今慶幸的決定，這兒會是我的家，我要在這裡寫作一生。

在這處山窩裡，我度過了四分之一多個世紀，我時常癡坐在陽臺上，面對南山，望著這一幅不假人工的借景，啊，好一片綠黯黯的山林。只是，那戶農舍的孩子長大了，他們搬離了這處孤隔的農田，稻田長滿了芒草，藤蔓爬滿了屋脊，吞沒了屋頂，纏緊了電桿，用綠葉遮蓋住一切，使得山谷更靜了。

風狂雨驟的颱風來襲時，我喜歡攀住陽臺的欄杆，裹著雨衣體驗風雨抽刷山林的勁道，從樹林的枝葉被一波波的勁風壓得翻騰起伏，勁雨像牧鞭般刷刷抽過，咆哮的急風就在眼前嘯叫捲過，夾雜著吹斷的細枝碎葉砸在門窗上。透過北窗，雨水橫流，模模糊糊見到的，是一幅動向身歷聲的巨幅銀幕的暴風雨情景。

颱風過後的夜裡，往往沒有電，就著跳動的燭火過夜時，窗外一片黑漆，只有溪水的奔騰澎湃聲，溢滿了溪谷，隱隱約約地就像地裡深處的雷鳴。

大多數日子裡，山居的特色便是寂靜，尤其在冬夜裡，沒有蟲鳴，失去了蛙鼓，遠山在寒冷中睡去，連落葉都悄悄屏息著飄下來。

山鳴谷應的春節爆竹聲，喚醒了山谷，從北窗望出去，滿山的濃綠漸漸泛起了嫩綠的輕浪，曙色一天比一天早，鳥囀也一天比一天多，到褪下毛衫，樓下院子裡響起了蛙鼓，玉蘭花香幽幽入室，遠山的桐花白燦燦，一片片起伏時，山谷中的黃金季節來臨了。

長晝的蟬鳴，悠長細碎，結束時就像沙沙的急雨，是該踏山的時候了。推開九重葛紫紅細花纏繞的扉門，兩隻小狗領先竄了出去，不要呼喚，藤杖一指，牠們便向山谷中躍去。離開北窗書桌的紙筆，進入一處心曠神怡的幽谷，時間不要五分鐘。踏過一座水泥橋，橋下清澈的溪水裡，晚上會有孩子們來抓蝦。我喜歡這條亂石堆砌的陡峭小徑，這意味著隔絕了文明的俗物——機車和汽車，使這裡還保持著山林的純樸與寂靜，要拜訪山林，要懷著虔敬——走路來。

經過一戶闃然無人的石塊屋，爬上一片竹林，便沿著一條淺淺的溪水走，兩隻撒歡的小狗突然停住了，示威地吠叫著，卻搖著尾巴，又像是歡迎，一條細細的棕色草蛇，在溪水中游過，卻傲然昂起了頭，閃閃吐出的蛇信，似乎在質問我們，為什麼侵犯了牠的家園。

我垂下藤杖，彎腰揮手，說聲：「請！」牠悠然游過上岸，竄進了山石草叢裡。

踏山歸來，帶回盈抱的白薑花，使北窗的書房裡有了初秋的香甜氣息。冷冷的月色，透過院中一株槭樹的細細密葉灑落下來，玻璃棚下，是我品茶的地方，兩把靠椅，一座茶几，在石火爐中燃起炭火，聽茶壺的絲絲水響。我對著窗前一幅自撰的木刻對聯舉杯：

水晶樓頭醉吟月，茜紗窗下喜品茶

——八十五年七月十六日「新副」

# 銜蟬雲豹

兒子考上研究所，我的空窗期也向後推遲了三年。為他、為我，都該慶祝一下。只是我一向是個選禮白癡，對e世代的人心中要些什麼，無從揣測；便說你自己刷卡去買一件禮物吧，老爸埋單。

晚上他回到家，手提一個暗紅色塑膠籠，籠裡有一隻黑團團的小動物，我埋怨他：「怎麼又買狗，家裡不是有小黃了嗎？」他笑笑不答，把籠門打開，一隻瘦筋筋的貓兒款擺嬌軀，走了出來，黑色的尾巴翹得直直高高的，在我身邊磨蹭來磨蹭去，一點也不認生，一隻貓！

我從沒見過這種貓，身軀長長瘦瘦，體毛細短，緊貼光滑，不是波斯貓、安哥拉貓般的毛蓬蓬；論毛色，一身棕白，尾巴黑色。如果是純白黑尾貓，稱為「雪裡拖槍」，或者一身純黑四腳白色的「烏雲蓋雪」，都是好貓；可牠的耳朵、鼻子與四隻腳又是黑色，豎立的兩隻尖尖耳朵，與嘴角成一個倒金字塔形，倒有點像狐狸。只是兩隻圓眼黃晶晶閃閃亮亮的望人，一點也沒有到新環境害怕的神色。

「這是什麼貓？」「暹羅貓。」

「叫什麼名字？」「皮皮。」

從此，我家又多添一口人了。

動物都有劃定勢力範圍的習性，以前帶小黃下鄉，牠下車後，便立刻在曬穀場四角各灑一泡尿，以示占領。然而皮皮界定勢力範圍，卻是三度空間。從電視機跳到儲物櫃的上面，從梳妝臺到衣櫃頂上，上上下下裡裡外外，室內每一個角落都鑽進去探探嗅嗅，至於沙發底、躺椅，更是來來去去，一直到牠確認只有自己獨霸此家天下為止。

皮皮新來乍到，我與牠都得彼此適應，我謹守一個老規矩「貓不上灶」，從古早的柴灶、煤灶，到現代的流理臺，上面都是油鹽醬醋鍋碗刀勺，不宜貓吻親近；水火無情，也怕傷了牠的毛骨，將那裡列為皮皮禁地。每當牠在廚房「蹲點」，眼睜睜仰望著流理臺作勢欲上時，我就輕咳一聲，不時響一下愛心拍，以示天廚重地，不可逾越。

家中書房原是我獨享的天地，便不免「書似青山常亂疊」，對皮皮可真是得其所哉，一進入這一處書山紙海，牠就當成是丘壑叢樹，到處鑽爬嗅聞帶打滾。紙頁沙沙作響，宛同猛獸行獵踏過林枝敗葉的窸窸窣窣聲。牠尤其愛上書桌，每當我一伏案運筆，牠就跳上玻璃墊，聞聞檯燈，嗅嗅稿紙，尾巴擦擦筆桿，然後就伏臥在窗邊積稿中，凝神注視隔窗撲動的飛蛾。

西方觀察貓與人，說「上帝造貓，使人有撫虎之樂」。只是皮皮體瘦腿長，皮毛緊細，行動迅捷如風，哪像老虎「龍行虎步」那麼重實有威。牠在窗邊的紙海中，使我想起沈復《浮生六記》中的移情作用，以帳中蚊為雲中鶴，「留蚊於素帳中，徐噴以煙，使其沖煙飛鳴，作青雲白鶴觀，果如鶴唳雲端」。皮皮伏臥紙堆，襯著窗外翠綠的青巒叢林，這不是一隻埋伏叢莽待撲的勁捷雲豹嗎？

皮皮來以前，我是愛狗論人士之一，曾寫過狗對人類的好處多多，「你能帶一隻貓跟你蹓蹓腿嗎？」這話只說對了一半，皮皮在室內可真是粘人，真能做到「夫子步亦步，趨亦趨」。你走動時，牠寸步不離開腳邊，而且還能在我跨步時，從兩隻腳間穿過。我一坐定，牠就跳到身上來，打幾個旋磨就信心十足地打起咕嚕來，那軟軟熱熱的貼身感也真窩心。

貓從高空跌下時，有空中翻身的絕技，可以四肢安然接地，使人類嘆為有九條命。牠唯一的致命傷，便是「好奇心要貓的命」(curiousity kills the cat.)。幾幾乎任何有空洞的地方，空紙箱、塑膠袋、水果盒、紙書包，皮皮都冒冒然要去一探究竟，鑽身進去抓一抓、打打滾，自己在裡面撒歡，也造成不少破壞，不時聽見屋子裡劈哩啪啦一聲，定是有東西砸碎了，插花、擺設、電視機上面的豐田玉屏，和瀏陽的菊花石都遭了殃。有一天，嘩啦一聲，我從捷克帶回來的一個水晶花瓶，四分五裂碎在地板上，皮皮卻若無其事地高踞在櫃頂舔毛。

那天只聽見牠的喵喵叫聲，卻找不到皮皮所在，打電話問兒子，他才說：「皮皮不乖，關禁閉了。」我這才從籠裡把牠放出來，誰教牠是我們的一口呢！

皮皮對只要是動彈的東西，都很注意，因此看電視成了我們共同節目，牠總是懶洋洋躺在膝蓋上望著熒幕的彩色變化。有一次，忽然牠的肌肉緊張起來，感到了尖尖的貓爪，眼光集中，全身向後縮，作勢要撲，原來畫面上出現了一隻老鼠。我連忙把牠抱住，幸而不幾秒鐘，老鼠消失了，才化解了這次直撞電視機的危機。

自牠來了以後，舍下蟑螂可倒了大楣，成為牠追捕玩弄的玩具；早上起來，可以掃到好些隻蟑螂遺骸。山居夏夜雨後，雖然關緊門窗，依然有向光的白蟻，從門窗縫中鑽進屋裡，劈劈啪啪亂飛，不勝其煩。可是有了皮皮，恰對了牠的胃口，進屋一隻便抓一隻，玩夠了還呱嘰呱嘰當消夜的點心，這一招使我撫掌稱快：「虧了你，皮皮。」

古語說「知子莫若父」，時到如今，也並不盡然了。兒子似乎從小就愛貓，國中時代，牆壁上貼的，就是那隻加菲肥貓的海報，一櫃子的加菲貓漫畫；後來升高中，進大學，海報便從兄弟象棒球隊換成了美國奧運籃球夢幻隊。我以為他的喜愛變了，誰知道他愛貓得緊，下課回家，一把便捧起皮皮，眼見這個一七八的大個兒，捧著摸著一隻嬌小雲豹打圈圈，使我想起七〇年代《周六晚郵》的那個專欄「剛柔相濟」(Tough and Gentle)。

我國只以貓為驅鼠的家畜，雖說《詩經・大雅》在周宣王時代已經謳歌「有熊有羆，有貓有虎」，可是到漢代許慎編《說文解字》，「豸部」中卻居然只有「貍」而無「貓」，足見古人對野貓（貍）與家貓不分。倒是《爾雅》說得較為詳盡，釋貓為「小畜之猛者，性陰而畏寒，雖盛暑日中不憚」。

古代文人對貓有好感，為的是牠能捕鼠，「梅妻鶴子」的林逋也養貓，誰知他家一窮二白，連老鼠都不光顧，貓兒只有自己抓溪魚吃，「纖鉤時得小溪魚，飽臥花陰興有餘。自是鼠嫌貧不到，實慚尸素在吾廬」。

文人的書就是命，要貓護書時見於詩，宋代的黃庭堅和明代的文徵明，都有「乞貓詩」傳世。黃庭堅的詩，還為貓留下了一個別名：

> 秋來鼠輩欺貓去，倒篋翻床攪夜眠。聞道狸奴將數子，買魚穿柳聘銜蟬

「銜蟬」出自何典？是不是貓兒捕蟬而有這種雅稱？《中文大辭典》引這句詩，釋為「銜蟬貓名」，定義十分含糊，是吾家涪翁要的這隻貓叫「銜蟬」呢？還是貓兒的通稱？但據宋張邦基所撰《墨莊漫錄》，另載蔡天啟〈乞貓〉詩：「乞取銜蟬與護持」；以及李璜德送貓詩「銜蟬毛色白勝酥」，證明應為宋代文人對貓的通稱，可惜這一雅名竟冷落了九百年。

我家後院有一株亭亭槭樹，夏日濃蔭蔽戶，蟬鳴如雨，此起彼落。我不放皮皮出門上樹。牠並不是不想，只是不像小黃，要進屋子裡來，嘴巴一拱紗門便開了；牠力氣還

不夠。每每我叉手南窗迎風時，牠就從後面衝來，作一個「正面上」，三爬兩爪，就爬到了紗窗的最上緣，窗紗都沒有斷一根，足證皮皮有銜蟬的本能和雲豹的輕功，牠要一上樹，整個夏日庭園交響樂便會寂然劃下休止符了。

當代文人中，梁實秋愛貓，《雅舍小品．貓的故事》中，寫一隻驅之不去的餓貓，在他小院書房書架上生了四隻小貓的故事；他與韓菁清結縭後，家中便有一對貓，肇錫以佳名為「白貓王子」與「黑貓公主」；後來又收養了一隻門外的「小花子」，貓以文傳，成為佳話。

琦君也愛貓出名，從〈我家龍子〉以後，在美國養過一隻小白貓，她談到海明威的〈雨中小貓〉，心中卻在念自己的那隻愛貓「凱蒂」，「我好想你啊」。又談到一位朋友為了一隻貓爬到樹頂下不來，竟要請人把大樹砍倒救這隻大笨貓，竟和牛頓「大貓大洞、小貓小洞」的故事一般，使人為之絕倒。她對貓的感情深，不時低哼一首兒歌中的「我好想要一隻小貓」(You are the only one with me, but you and me!)。我養了皮皮，便馬上寄照片給她看。

我國關於貓的一些傳說，在可信與不可信之間。貓的瞳孔因光線強暗而開闔，古時沒有鐘錶，就以貓眼定時，「午則豎而暮則圓」；更進一步推斷說，「子午卯酉如一線，寅申巳亥如滿月，辰戌丑未如棗核」，大致上這種觀察沒錯。至如李時珍所說「貓鼻端常冷，惟夏至一日則暖」。這和端午節正午可豎雞蛋一般，似乎沒有什麼科學根據。然而有了皮皮，今年六月二十一日（星期五）這天夏至，我倒是要摸摸牠的鼻子是冷是熱了。

——八十七年七月十四日「中副」

# 長沙之春

開放探親以來，大陸已去過好幾趟了，卻都在春秋佳日，刻意避開了酷暑與嚴寒的季節。但在八十七年卻下定決心，要返回故鄉過一次年，一償六十年來老想圍火爐聽鞭炮的夢。而且過年也是手足歡聚的時刻，那一點點冷算得什麼。

我被臺灣五十年的溫暖寵壞了，還以為棉毛衫褲加上外套風衣，便可抵擋冬寒。在長沙的黃花機場下機，撲面的寒風便使人打了個冷噤，機場周邊，在微弱的燈光下，還看得出兩天前剛下過的大雪，一堆堆還沒有溶化。來接機的弟妹，更是為我單薄的衣著大驚失色，到了他們的住處，立刻捧上毛衣毛褲，外加背心、圍巾、外套與厚厚的雪衣，惟恐我受寒著涼，逼著我立刻穿上，裹成了一頭臃腫不堪的狗熊，他們方始放心。

弟弟住處的客廳，依然有兒時所圍的火爐，爐架上一方厚厚的棉被，那可是凍得紅通通的臉蛋兒和凍僵了的小手小腳，找到暖和的一處好地方。這種火爐現在還在，只是裡面的熱源不是木炭爐，而是紅紅火火的電熱器，室內也就沒有炭灰炭煙的麻煩了。

長沙街頭熙熙攘攘一片年景，看上去與幾年前大不相同。以前那些坐在街頭，穿藍色棉裝、頭髮短短臂纏紅布的老大娘，現在一個也見不到了。男男女女步履匆匆，小姐姑娘們都是時興的打扮：毛圍領的皮衣，色彩鮮明的絲巾與寬大的雪衣，短統、長統方頭高跟的黑亮皮靴。八角亭、坡子街一帶的商店與公司，固然人進人出，南門一帶個體戶的攤販，也成了一條長龍，銷售的物品從衣服到工具，無所不有。唯一與臺北不同的是，沒有賣金字春聯橫披的攤販；一個戴白圓帽的維族小伙子，竟販的是一大袋淺綠色新疆葡萄乾，十元一斤，買的人還真不少。湖南瀏陽的鞭炮，舉國聞名，紅紅的一包包一捆捆，是採辦的年貨之一。

我問陪我一起逛街的弟弟：「大陸不是禁放鞭炮嗎？」

他說道：「只是北京市禁放，長沙還沒聽說。」

聽了心中很舒坦，過年就得有震耳欲聾的鞭炮聲，沒有這種聲音，那還叫過年嗎？

除夕夜，與親人圍電火爐，品茗嗑瓜子，看大型彩色電視機播出的春節聯歡晚會節目，緊湊熱鬧，目不暇給，為十一億人端出的節目，分秒必爭，的確了得。

半夜來臨，整個長沙市響起了綿綿密密此起彼落的鞭炮聲，劈劈啪啪如同翻翻滾滾的一鍋沸水，遊子心也隨著熱呼呼起來；畢竟，嘗到一甲子以來夢想的故鄉年味了。

大陸春節，從初一到初七，全國放假七天。初一出門逛街，想不到國營的百貨公司和新華書店，卻都敞開大門，照樣營業。兄妹三人居然能在大年初一，在國營照相館合照了一張相，留作紀念。

擴修尚未完成的開福寺，善男信女的朝拜燒香祈福，擠得水洩不通，然而卻不像臺北萬華的龍山寺，對燒香客來者不拒。進開福寺山門得買門票，而且比平時特貴，一張票要付人民幣四元，來一個「以價制量」。山門外的鞭炮紅紙屑，堆起來厚厚一層有六十公分高，大雄寶殿前沒有香爐，香火紙錢就平鋪在大院內點燒，香煙瀰漫了整個佛寺，連內殿新裝的八百金身羅漢像都看不清楚了。

年初二放晴，陽光燦爛中，站在天心閣最高一層眺望，市區以東高樓雲起，一幢幢帷幕玻璃銀光閃閃，十三公尺高城牆底下拓寬的馬路上，車流不息，喇叭聲不斷，這種紅紅火火的氣象，與幾年前灰撲撲的一片破舊市容迥不相同，真個是「士別三日，當刮目相看」啊。

從電視黃金時段的廣告，來判斷大陸的經濟狀況，雖不中亦不遠。資訊上，我雖不是孤陋寡聞，但看電視往往新聞報導後便關機，壓根兒不知道有光碟機（VCD）這碼子事。大陸春節前後，「中央臺」播出「水滸傳」，真是「風風火火闖九州」，家家戶戶每晚八至十時，就等著收看這個好節目，將近前後共有二十分鐘的廣告時間，廣告費每秒人民幣一萬元，合臺幣四萬元，這種「天價」端的嚇殺人也，廣告中最多的便是VCD，群眾（大陸現在不大稱「人民」了）稱之為「VCD大戰」。

我從電視上當紅的廣告，這才知道這種家電多麼動人心，統計了一下打廣告的牌子，竟有步步高、先科、金正、奇聲、實達、萬燕、廈新、兆維、威歌、萬利達、科凌、愛多等十二家之多。有了這種機器，電視便升格成了家庭電影院，何樂而不買。據說，售價只有人民幣兩三千元之譜，拼裝品牌有的只要七百元一臺。光碟一片五六十元左右，盜版的十來元一片。在十一億人的市場中，沒有有線電視，這是多麼肥的一塊大餅，無怪乎家家公司要爭得頭破血流了。

這麼多品牌中，跨國合作的公司一定不少，有沒有臺灣大公司投資？從名稱上看不出。黃金時段的廣告中，能看到臺資的「康師傅」與「統一」兩家方便麵（泡麵）廣告驚鴻一瞥，也覺得十分親切滿足，與有榮焉了。

外資搶攻大陸市場的大手筆，在長沙也感覺得到。市內雖有幾家大型國營百貨公司，但比起五一路新開張的「阿波羅廣場」，就不免小巫見大巫了。這家公司占地萬坪，五樓門面，目前只用了三層，三樓家電，二樓衣著，一樓則是超級市場，每層都有九千坪大的賣場，燈光明亮，百貨雜陳。超級市場裡，雖是數九寒天，貨架上海鮮生猛，水果錦砌，六十年前把「圍著火爐吃西瓜」視為異事，而今卻毫不稀奇。

長沙市幾家大百貨公司，仍然保持著店員寫賬單，顧客到一處賬臺交錢後才能把貨品拿走。這家外資的「阿波羅廣場」則廣設收款員，顧客一手交錢一手取貨，方便不少。尤其在超級市場的收銀臺總結賬目時，發票上不但打出付款數字，連每一件貨品的名目，都清清楚楚列印出來，這一點，連臺灣當時都還沒有幾家超級市場做得到，果然後來居上。

休閒也是外資投入的項目之一，一家公司投入三億人民幣在瀏陽河大橋東，興建了一處湖南的迪士尼樂園，稱為「長沙世界之窗」。它與臺灣的「小人國」以及深圳的「世界之窗」不同，在三十九萬平方公尺中的一百個舉世景點上，有的縮小為十五分之一的模型，有的卻是巍巍矗矗的實體，與原建築物相差不多，幾可亂真。大門便是巴黎羅浮宮前，貝聿銘所設計的玻璃金字塔；而埃及幾座金字塔卻在園內湖中……真個是「匯五洲奇景，容四海風情」，成為長沙一處新旅遊勝地。園內設備水準直追迪士尼樂園，因此，入場券也不便宜，一張票五十元，但遊人不少，足證長沙市民也玩得起了。

然而，長沙市政府為市民也提供了不少免費的休閒地點，沿著湘江邊，興建起一條「湘江風景帶」，長達二十六公里，寬一百公尺，目前已完成的一段，街樹、園燈、雕塑……布置得十分雅致、乾淨，我所走過的兩公里路段中，沒有煞風景的垃圾桶，但也乾乾淨淨沒有半點垃圾。在浩淼的湘江邊漫步行吟，便有一處「了無車馬喧」的長長園林了。

以交通來說，在市內坐市政府公車，最為便宜，一次五角。個體戶經營的中巴，則一次一元。至於計程車，官名為出租車，一般人卻跟了香港人稱之為「的士」，因此大陸有一個無所不在的新詞兒，稱「坐計程車」為「打的」；還有一種以機車載客的個體戶，稱為「摩的」，臺胞不可不知。

長沙市的出租車，清一色是紅色的天津一千西西車，起步為八元，春節期間另加五元。初坐時有些駭然，乘客後座與前座間，竟以鋼架區隔。在臺灣搭計程車，乘客怕的是遇到彭婉如案的壞司機；而長沙的「的士」師傅，卻怕的是後座的歹客。這一次回長沙，發現「更有甚焉」，許多的士司機，在前座中間又加了一方縱向鋼框，整個人就像坐在鳥籠裡開車，使人惄然憂心，人際關係真的到了出租車司機人人自危的程度了嗎？

事實上並不盡然，我也坐過一位年輕女司機的出租車，她的車便沒有前座的隔框。還搭過一個小伙子司機的車，也是前座開放，這兩輛車都車容乾淨，結構良好，行進寂靜，沒有匡匡啷啷的車體雜音，說明了這是新近加入的出租車，司機也是新一代，顯然他們沒有怕搶劫的恐懼。

尤其這個面色紅潤的小伙子，過年期間，別的的士一倒表便顯出八元，他的車表倒表卻還是七元。開車途中，他不開音響，卻輕輕吹口哨。我搭計程車，遇見過舉世多少黑白老少男女司機，但聽到吹口哨的還是頭一次，他這種自信而不昂揚，敬業而不貪婪的表現，使我在下車時，不禁輕輕拍拍他的肩膀：「小伙子，有辦法！」

——八十七年三月八日「中副」

# 錯譯誤國

翻譯雖屬小道，但有時影響所及層面的「代誌」卻很大「條」。近代史上，第二次世界大戰的開始與悲慘的結束，都由於翻譯發生了誤解所致，足見「譯」事在有關軍國大事中的重要性，不下於從事慘烈戰爭的「兵」事。

第二次世界大戰的起因，有三處地名環環相扣，一般認為始於一九四一年十二月七日美國因而參戰的「珍珠港」，實則引起舉世刀兵大衝突，卻是民國二十年（一九三一年）九月十八日的「北大營」。以及民國二十六年（一九三七年）七月七日的「蘆溝橋」。

日軍九一八之夜發動攻擊，攻占瀋陽，更進而占領了整個東北四省，代以「滿洲」(Manchuria) 作整個地名，後來更挾傀儡溥儀就帝位，成立「滿洲國」(Manchukuo)，告知世界，要作為日本向大陸開疆拓土的萬世基地。後來更得寸進尺，步步進逼華北，而在民國二十六年七月七日，掀起了蘆溝橋事件，開始了我國長達八年的抗日戰爭。

到了一九四一年，由於美國禁運廢鐵及石油，與日本對立的情勢日見緊張。日本在年底，派遣特使來栖三郎赴美，偕同駐美大使野村吉三郎向美方商談。

日本外相東鄉茂德自東京拍發電報，指示談判要點，遭美方截獲，卻發生了翻譯上的多處錯誤；以致美國國務卿赫爾所看到的譯文，與原文大有出入。例如最最錯得不可思議的一處：

日文為「本建議說明我方實際上的最後讓步」(This is our proposal setting forth–what are virtully our final concessions.)，而赫爾看到的譯文卻是「本建議為我方修正後的『最後通牒』」(This proposal is our revised ultimatum.)。

兩國間的關係已經劍拔弩張瀕臨破裂邊緣時，美國的譯員竟把日本力求談判解決的「最後讓步」，譯成了咄咄逼人的「最後通牒」！所有外交官都知道「哀的美敦書」是何等嚴重的涵義，負責談判的美國國務卿赫爾見了非同小可，能不滿含敵意嗎？這也是我們在史書上，見到當時三人合照的照片，來栖與野村態度呆板而赫爾卻十分嚴肅，一臉怒氣的原因了。

日本方面的譯員也未見得高明了多少，十一月二十六日赫爾照會日本，要求日軍立即自「中國及越南撤退所有陸海空軍及警察部隊」，使得東京大為震驚：

最使全會議室裡每個人怒不可遏的，是赫爾竟悍然要求日本退出中國全境。大家都認為：『滿洲』是日本人以不貲的血汗代價換取而來的。放棄『滿洲』就是經濟災難，富有的美國人憑什麼能提出這種要求？

赫爾的建議是急躁和憤怒的產物，但是其中最使日本人感到憤慨的部分，卻是悲劇性的『誤解』。赫爾所使用的『中國』一詞，並不包括『滿洲』在內，他根本無意於要求日本人退出『滿洲』。

由於當時對「中國」一詞所涵蓋的地域，美日雙方的認知各有不同，日本卵翼下的「滿洲國」，並沒有得到中國承認，提到「中國」，當然包括「滿洲」在內；而美國雖未承認，當時卻已在照會中，默認「滿洲」不在中國版圖以內。日方誤解，認為連「滿洲」也要退出，已經無可退讓，決定進行「Z旗作戰」（奇襲珍珠港），而逕由聯合艦隊司令長官山本五十六大將向正在祕密航向夏威夷的日本航母艦隊，下令「攀登新高山，一二〇八！」（十二月八日攻擊珍珠港！）——對夏威夷發動攻擊，掀起了太平洋戰爭。

戰後撰《旭日東升》(*The Rising Sun*) 一書的作者約翰杜南 (John Toland)，一九六七年訪問當年東條左右人士，他在書中說：

當時由首相東條英機以至於外相東鄉茂德，都認為赫爾所指的「中國」，包括「滿洲」在內。假如赫爾當時澄清了這一點，又將如何？

頭一次得悉個中真相的佐藤賢了（當時的陸軍軍務局局長）用手拍著自己的前額說道：「當時我們要知道就好了！」接著他又非常興奮地說道：「假如你們明說承認『滿洲國』，我們就會接受赫爾照會了！」至於鈴木、賀屋和星野的反應，則比較保留。賀屋說：「如果赫爾的照會裡明言退出中國，不包括『滿洲國』在內，則開戰與否的決策，將會重新檢討，從長計議。」鈴木表示：「至少對珍珠港的攻擊會避免，『當時我們可能會另組新閣。』」

杜南不禁在書中浩嘆：「一場原可消弭於無形的戰爭而終於爆發，乃是由於下列種種因素交相激盪。」他指出除開雙方的誤解與言語隔閡外，特別指出「翻譯的錯誤」。

及至大戰末期的一九四五年，美國已經有了原子彈，第一枚已經運到馬里亞納群島的B–29「超空堡壘」重轟炸機基地，待命出擊。盟國便在七月二十七日，向日本廣播「波茨坦宣言」，要求日本無條件投降。

日本首相鈴木貫太郎，在當天下午四點鐘的記者招待會裡聲稱：「以本人的意見，『波茨坦宣言』純粹是『開羅宣言』的翻版，換湯不換藥，所以政府並不認為有什麼很大的重要性。我們必須予以『默殺』(mokusatsu)。」這兩個日本字的意思是「殺以沉默」(而在中文，類似的處理方式，則稱為「留中不發」，即對來文不作答覆，不加理會)，但是戰後鈴木告訴兒子，他原打算用英文no comment，(不予置評、無可奉告)這種說法，然而卻苦於日文裡沒有這種字眼兒。不過，可以了解，美國人用上了字典裡的定義，「默殺」即是「置之不理」(ignore)和「以沉默的輕蔑處之」(treat with silent contempt)。而上了七月三十日《紐約時報》的頭條新聞標題便是：「日本正式拒絕盟國召降的最後通牒」。

終於，盟軍於八月五日在廣島投下了第一枚原子彈。

回顧過去，不禁使人震驚，五十八年前，我國與日本作拚死忘生的抗戰已達四年，精銳部隊犧牲殆盡，國土泰半淪喪，國家經濟力盡筋疲，如果日本應允美國條件，將兵力撤出大陸，戰爭停止，固然我國國土重光，國力可以徐圖恢復。但萬萬沒有想到盟邦會以我國東北四省作休戰的代價，從此「滿洲國」獲得美國承認獨立成邦，更不必妄想光復臺灣與澎湖了，四年的犧牲，千萬軍民的血汗豈不等於虛擲了嗎？幸虧美日雙方翻譯的錯誤，才有一九四五年九月三日東京灣的日本無條件投降。這只能說雙方都發生了人為錯誤，造成一場血流漂杵的大戰，實乃天意了。

因此，我們大可以效《孫子》的〈軍爭篇〉，為翻譯定位：

譯者，國之大事，死生之地，存亡之道，不可不察也。

——八十八年八月二十二日「華副」

# 口紅之譯

七年前元月二十九日夜，日本名小說家井上靖，以八四高齡溘然逝世，不論識與不識，國人都有些悼念，只因為他在晚年，以中國歷史為背景所寫的一系列小說，如《楊貴妃》、《異國之人》、《洪水》、《羅剎女國》、《樓蘭》與《敦煌》，考據確實，文筆細膩，與高陽不相上下，而且在日本編成電視劇或拍成電影，造成轟動，對中日文化的交流，有極其正面的效應。

井上靖寫詩很久，但詩為文掩，詩集少，也出得較遲，他的《乾河道》，一九八四年才出版，為最後一部詩集，八十七年四月一日「聯副」所載林水福先生譯的〈河西走廊〉，談到匈奴的一支歌，便是這個集子中的一首。

也就在四月一日同一天，作家席慕蓉女士投函「聯副」，認為有流傳已久的〈匈奴歌〉，

「請予發表」。

這首刊載在《史記・匈奴列傳》中的原文為：

亡我祈連山，使我六畜不蕃息；
失我焉支山，使我婦女無顏色。

井上靖為了寫中國歷史背景的小說，曾取古絲道，赴樓蘭登敦煌時，輕車經過河西走廊，詩興大發，寫道：

匈奴因此吟詠：我喪失祈連山，六畜何以為家？我喪失焉支山，可愛的女孩何處可以取得口紅？

此外，喬遷先生對這一段也有譯文（《乾河道》，臺北，九歌出版社，頁一八一）：

因此，匈奴歌詠了——

失去了我們的祈連山，何處來養活六畜？失去了我們的焉支山，如何能得到可愛的女人們的口紅？

中文只二十四個字的歌，經井上靖譯為日文，再復原為漢字，已衍生為三十一或三十九個字了。搞翻譯的人，都知道把外文中的中文還原，是非常困難的一回事，得下不少工夫，但讀者未必察覺，更未必感謝。二十年前，宋碧雲譯林語堂著的《蘇東坡傳》，便吃夠了這種還原的苦頭。如果林水福和喬遷兩位先生，能花時間到《史記・匈奴列傳》中覓得原文重現，便不會有席慕蓉的「回音」，作不抗議的抗議了。

但幸而有林、喬二譯的忠實於原著，使我們得以一窺井上靖對中國歷史的精嫻，的確一代大家，非同小可，他面對二十一世紀的日本讀者，在詩中敢於不用原文「顏色」，而採用了新新人類中少女易懂的「口紅」，這也深符區區治譯一向力主的著眼點——對讀者忠實。

漢武帝劉徹在中國歷史上，在位五十四載，統治時間僅次於清康熙的六十年與乾隆的六十三年，由於治國時間久，他在政略與國策上的抱負，得以展現與實施，因此他在位時版圖大拓，文治武功，追邁秦始皇，尤其以北伐匈奴，雪了漢高祖白登之圍、呂后受嫚書的奇恥大辱。

諸葛亮的六出祈山，與漢武帝的七伐匈奴，都是以攻為守，而劉徹所以能戰無不利，便由於他以少年天子之身，敢於任用青年的大將衛青與驍將霍去病所致。

《史記》中，衛青與霍去病合傳，他們兩人在指揮關係上，猶如艾森豪之於巴頓，在私人關係上則是舅甥。所以在功業上，他們相輔相成，沒有衛青主軍，霍去病無法盡選驍銳，得到一支快速的精銳騎兵，立下深入胡地數千里的戰功；沒有驍勇善戰的霍去病，衛青七擊匈奴的後四次，便不會有那麼大的戰果。

在林、喬二譯中，井上靖表達了對霍去病的欽敬：

（林譯：）二十年前，霍去病追逐匈奴，在漠南掃除其王庭，我喜歡二十四歲夭折，耿直如矢的這位指揮官。

（喬譯：）二千年前，霍去病追逐匈奴，追逐，猛逐，漠南已經沒有了那個王庭，我很喜歡那位二十四歲夭折了，如同一隻箭般的軍司令官。

欽佩霍去病的豈只是井上靖，唐代三大詩人詠「出塞」無不歌頌這位嫖姚將軍。王維的〈出塞〉：

居延城外獵天驕，白草連山野火燒。暮雲空磧時驅馬，秋日平原好射鵰。護羌校尉朝乘障，破虜將軍夜渡遼，玉靶角弓珠勒馬，漢家將賜霍嫖姚。

李白的〈塞下曲〉：

駿馬似風飆，鳴鞭出渭橋，彎弓辭漢月，插羽破天驕，陣解星芒盡，營空海霧銷，功成畫麟閣，獨有霍嫖姚。

杜甫的〈後出塞〉詩，更勾劃出這員青年勇將遠征塞北的雄風：

朝進東門營，暮上河陽橋，落日照大旗，馬鳴風蕭蕭。平沙列萬幕，部伍各見招，中天懸明月，令嚴夜寂寥。悲笳數聲動，壯士慘不驕，借問大將誰？恐是霍驃姚！

霍去病到舅舅大將軍衛青帳下，最初擔任「驃姚校尉」，相當於一個騎兵營長，他把匈奴打得痛哭「使我婦女無顏色」，則是升為驃騎將軍（騎兵軍軍長）的元狩二年（西元前一二一年），那年他率領萬騎人馬，轉戰六天，衝過焉支山一千餘里，斬首八千九百六十級，使匈奴潰不成軍；當年夏天，又出塞兩千多里，大戰祈連山，斬首三萬餘級，連單于的皇后也俘虜過來；這一役，連他麾下三員大將都封了侯。

祈連山，即匈奴的天山；焉支山在甘肅，都是水草豐盛的地帶，焉支山還產一種草，漢人稱為「紅藍」，匈奴用來染紅作婦女潤面的化妝品，以山名稱為「焉支」，漸漸成為「燕支」、「烟支」、「燕脂」，後來通用為「胭脂」，甚至成為婦女的代稱，如「北地胭脂」。

問題在於胭脂既是婦女潤面的化妝品，〈匈奴歌〉也指明了「使我婦女無顏色」，「顏色」原指的眉目間的色，後來引申為面容，白居易的「六宮粉黛無顏色」與杜甫的「深知好顏色，莫作委沙泥」，自古以來都指的是婦女化妝後紅紅潤潤的面容，何以井上靖單單挑上「口紅」？

古代中國的婦女並非只知道化妝臉蛋兒而不及嘴唇，「唇紅齒白」便是美的標準之一，只是那時還沒有引進西方用以塗抹嘴唇的唇膏，她們便使用經「燕支」浸透過的紅紙，含在口中摩動嘴唇，以唾液濕紙而使雙唇紅豔。

最近，TVBS電視臺放映大陸攝製的「水滸傳」，製作考據極為講求，務求重現宋代的原貌，一鍋一勺都不放過，細心的觀眾可以看到潘金蓮為了取悅武松，化妝時含著一張燕支紙在唇間搓動，便可知道古代女性的紅唇美容法如何了。所以，井上靖詩中，以「口紅」代「顏色」，有他獨到的見地，不但確切符合「焉支」的功能，落墨更平易近人，作品的不凡由此可見。

——八十七年五月十九日「聯副」

# 白茜芙的譯名

一九九九年十一月十五日，中共與美國終於就大陸加入世界貿易組織（WTO）達成了協議，美國總統柯林頓一力促成，力去「跛鴨」之譏，也掃除了他在陸女緋聞案事發以後，如影隨身的霉氣。而成就這一番大事的人，則是美國貿易代表 Charlene Barshefsky 女士。十五日下午三時五十分，她在北京外經貿部簽署協議時，笑得合不攏嘴，稱為「這是歷史性的一刻」。的確，她這番折衝尊俎，以退為進的談判技巧，可與季辛吉並美，美國的外交史上，他們可以垂名永久。

## 俄裔鐵娘子　媲美季辛吉

從 Barshefsky 這一姓上來看，她是俄裔美人，俄國人在談判桌上的忍、等、狠，高人一等，世界馳名。近如雅爾達，遠如尼布楚、恰克圖、瑷琿，中國、英國、美國都吃過俄國人的虧。這位鐵娘子此次談判成功，為美國更進一步打開全球人口最龐大的市場，不愧俄羅斯人的真傳。

大陸加入「世界貿易組織」有望，臺灣也鬆了一口氣，只是兩岸的歧異太多，還有得糾纏。光就譯這位美國女代表的名字來說，雙方就分道揚鑣，各行其是。

## 大陸譯法　原音重現

大陸譯人名，一般來說，譯得一板一眼，舉國一致，有兩厚冊《世界人名翻譯大辭典》，作人名翻譯的聖經，連文學都逃不過此經的仲裁，必須按照辭典規定譯出，表現出翻譯的紀律。

臺灣對新聞人名的翻譯，分久必合，合久必分，在搶新聞趕截稿時間之下，人人一把號，各吹各的調，只要自己媒體刊出，便認為地義天經，成了碰不得的聖牛，一直挺下去。所以一個人名，出現多種譯法，讀者也都見怪不怪了。

不過，譯這位美國女強人，兩岸都作了些調整，大陸沒那麼古板，臺灣沒那麼多元。

大陸媒體譯為「巴爾夫斯基」，沒有遵照《世界人名翻譯大辭典》譯為「巴爾舍夫斯基」，去掉了一個「舍」，更沒有在姓前加名，譯為「查倫・巴爾夫斯基」。這種譯法原音重現，做到了以翻譯三原則中的「信」為唯一指標。

## 臺灣譯法　眾議僉同

臺灣媒體的譯法就活潑得多，譯為「白茜芙」，既做到了部分的「信」，名字也譯得美，一看就知道是女性，兼有「雅」的效果。這一回各家媒體眾議僉同，表現了難得的「口徑一致」，讀者也鬆了一口氣。想想看前不久另一位鐵娘子，英國的首相，都還有「柴契爾」與「佘契爾」各霸一方；最近的棒球紅星，「麥奎爾」與「馬怪爾」還相持不下呢。

## 茜字譯名　一大敗筆

然而，臺灣的這一譯名，敗筆便在「茜」這個字上，以前譯雷根夫人Nancy為「南茜」，便遭遇過文字工作者的修理。「西」與「茜」，長得似乎一模一樣，發音卻截然有異，「西」為ㄒㄧ，「茜」為ㄑㄧㄢˋ，後者有草字頭，一望而知是一種草類，多年生的蔓草，根可以作紅色顏料，所以紅色也稱「茜」，在《本草》中入藥，又稱茹藘、茅蒐或牛蔓，與指方向的「西」，地北天南，扯不到一塊去。譯Nancy為「南茜」，根本就是白字，搞翻譯的人，縱使沒看過《紅樓夢》第五十八回〈杏子陰假鳳泣虛凰　茜紗窗真情揆癡理〉；第七十九回黛玉將〈芙蓉女兒誄〉中的「紅綃帳裡公子多情」，改為「茜紗窗下公子多情」；也應當聽說過五十年代中廣公司主持「九三俱樂部」的白茜如，以及前些年總統大選的紅人，許信良與李敖雙雙屬意的陳文茜。連小學生都知道她們的大名，字正腔圓的說「白茜如」「陳文茜」，沒人說是「白西如」和「陳文西」。

## 共同失誤　令人不解

《詩經》上說：「殷鑒不遠，在夏后之世。」而現代的人連十年二十年前的教訓都忘記了。一心一意搞翻譯的人，不認識不知道白茜如、陳文茜還說得過去，但總應該知道雷根夫人的大名譯南施或南西，絕不敢用「南茜」的經驗了吧。為什麼忽然舉國若狂，都譯起「白茜芙」來，豈不是世紀末臺灣翻譯界一項「共同失誤」。

有人時常嗟嘆中文沒有陰性、陽性、中性之分，其實何嘗沒有，只不過是習焉不察罷了，以譯 Barshefsky 為例，「巴爾舍夫斯基」便是中性，譯成「白雪芙」，一眼便知為陰性，「柏射虎」則為陽性了。「華有無窮之字」，但看翻譯的人掌握了多少，能不能運用自如而已，但以「茜」為「西」卻是不得體。伏爾泰說得好：「五千萬人說一件錯事，依然還是錯。」正如臺灣全島滿街斗大招牌的「魚肉飯」一般，再多的人認同，仍舊是個白字。哪怕臺灣所有媒體都使用「白茜芙」，卻不能證明譯得對。

——八十八年十一月二十九日《新聞鏡》

# 諾貝爾獎得主一名數譯

每年的十月初，三家大報的副刊氣氛便開始緊繃——中央日報的「中副」、中國時報的「人間」，還有聯合報的「聯副」（以筆劃為序），都蓄勢待發，磨厲以須，靜待石破天驚的一刻——從斯德哥爾摩市瑞典學院傳來今年諾貝爾文學獎得主，立刻以整版乃至雙版就這位「新科狀元」的生平及作品、評論作詳細的報導。關心文學的人，是日也，必全購三家副刊，享受這三報副刊辛勤努力鉅細靡遺的成果，看得十分過癮。

## 一人一把號　各吹各的調

一九九五年的諾貝爾文學獎花落誰家，有過一番猜測。中國人心中，看好大陸詩人北島，誰知道消息傳來，卻頒給了愛爾蘭詩人 Seamus Heaney。只是幾家報紙翻譯他的姓名為中文，卻一人一把號，各吹各的調：中東戰爭時的胡笙、海珊的故事又重現了。

試看各報的譯名：（以筆劃為序）

大成報——西蒙斯韓尼

中央日報——席慕・悉尼

中國時報——俠莫斯・黑尼

民生報——黑尼

自由時報——薛摩斯・黑倪

聯合報——夏默斯・亨泥

聯合晚報——黑尼

答案都是我　不知誰為主

如果我們再把國內其他各報，香港、新加坡以及大陸的譯名加起來，一定不少於十種，僅次於以前譯索忍尼辛的十五種，真是洋洋大觀。不過可就苦了萬千讀者莫測高深，只能怯生生問上一聲：請問您們，究竟誰譯的才算是「主流」？誰才算是正主兒呢？

我相信會有一個一致的答案：「我！」

妙的是，各報副刊討論這位詩人，都有許多位學者專家，論點不一，但對譯名可就是眾議僉同：「聯副」介紹，此公以前的中文譯名還有「奚涅」之名。大陸則譯為「希泥」，「此次林泠女士以愛爾蘭口音推敲研究，同時詩人又以田園、土地意象知名，因此……定為『亨泥』，取其音義皆切近。」譯外國人名，譯音而外，還考慮到意義與意境，深得我心。只是「聯合報系」的民生報與聯合晚報，卻又偏偏認同中國時報，譯為「黑尼」，似乎並不以「亨泥」為然，這可又怎麼說。

## 譯名雖小道　難倒眾高手

譯人名看似小道，卻往往難倒許多譯壇高手，一則難在使外國人名的原音重現；次則難在中文的同音字太多；三則中文是全世界唯一「標義」的文字，選擇一個字命名，用字有高下、優劣、褒貶之分，要再四斟酌，不能率爾操觚。

七家報紙中有四家採用「黑」。這個字兒其實還可以推敲一番，「黑」雖然也是中國人的姓氏之一，但「黑」色是諸色的總合，黑與光不能並存，涵義灰暗，不如譯成諧音的赫、賀、郝……

翻譯人名，歷代以來都有難以統一的問題，遇到中、日、韓、越使用漢字人名譯為英文後的還原，更是頭大。不過，近年以來，關於解困釋疑的人名翻譯辭典，也有相當成就，治譯的人，大致都備置了幾種工具書作參考：

一、《標準譯名錄》，臺北，中央通訊社，六十九年二月，八七二頁，姓與名分開，收譯名約四萬三千六百條。

二、《專有名詞發音辭典》，臺中，劉毅，學習出版公司，一九八九年七月，九五四頁，姓名及專有名詞兼收，收譯名約九萬九千二百條。

三、《世界姓名譯名手冊》，北京，化學工業出版社，一九八七年六月，一〇〇二頁，兼收姓名，並注國別，收姓名約十三萬八千三百條。

四、《世界人名翻譯大辭典》，北京，中國對外翻譯出版公司，一九九三年，兩巨冊，三七五三頁，收姓名六十八萬四千條，其中漢字外各國人姓名五十七萬九千條，漢字內（日、韓、越）各國人名十萬五千條。

從以上四種人名翻譯辭典來看，時間愈近，收錄愈多，真可說後來居上。只是中外姓名的構成大異其趣，中國人姓少名多，外國人（含日本人）則姓多名少，想要譯全還差得很遠，但大致上一般的姓名都已具備了。

## 且從辭典中　求得共譯法

我們以今年諾貝爾文學獎得主 Seamus Heaney 為例，從這四部外國人名辭典中求譯法：

在《標準譯名錄》中，姓與名均付闕如。在《專有名詞發音辭典》中，頁四〇四中，Heaney 還附有國際音標，但 Seamus 無譯法。《世界姓名譯名手冊》則在頁三〇一與頁四〇一中，分別有名與姓的翻譯。《世界人名翻譯大辭典》的頁一二四〇與頁二四九一，也都有姓與名的譯法。

所查得的結果，後面這三部字典，對這位愛爾蘭詩人的名譯為「謝默斯」，姓更是口徑一致，譯成「希尼」，全名為「謝默斯希尼」。

這種譯法，並不十分貼切原音，以「謝」譯名，也容易造成中文讀者的錯覺。但是「惡法亦法」，有了這種譯名字典，至少不會造成人人各自為政而譯法不同，使得讀者無所適從。而且譯得一致，海峽兩岸溝通，也有了共同的語言。

普通治譯的人士都應備有這種工具書，各大報社更是不在話下，為求人名譯得正確，人名辭典應當一式四份，總編輯、編譯組、資料組、圖書室各有一套，以便查閱參考。

只是，搞諾貝爾文學獎報導的單位為副刊，他們得請學者專家動筆開講，而學者又各自有他的見地，客串一下翻譯，以為譯人名不過芝麻綠豆的小事，毋需查證。主編也拗不過，只有聽取某位權威的意見定譯名，於是便形成一夜之間，在「截稿時間」壓力下，臺北市十幾家報紙，就冒出好幾位姓名截然不同的諾貝爾文學獎得主了。

——八十四年十月二十三日《新聞鏡》

# 譯第四權

三百六十行，行行都有各自的切口與專業術語，這些詞語有其歷史，自成傳統，檻外人如果好奇而置喙，打算從一般的觀點探索或建議改進，所收的效果不會大，而引起爭議的機會多。

## 英翻中　依義不依音

我治譯事有年，首創「名詞翻譯的原則」，認為中文為標義的文字，翻譯時須「依義不依音」（但姓名除外）。因此，一直鼓吹把「高爾夫球」譯成「桿球」，「英鎊」譯成「英元」，「辨士」譯為「英分」，「法郎」譯成「法元」，「微米」譯成「公忽」。我雖在新聞界跑過八年龍套，但對新聞學者津津樂道的「泰晤士報」也大惑不解，不懂何以不義譯為

「倫敦時報」？但我也知道各行各界自有他的行規與行話，「行家一開口，便知有沒有」，外行人的話只能作參考。所以我在「依義不依音」之前，還有一個更高的原則：「依主不依客」，名從主人！如果名詞的屬界要那麼採用，不管你如何「依義」會更為明確翔實，還是得放棄，得聽作主的人如何譯。

不過，這也並不妨礙有興趣做翻譯的人，對這些圈內的行話，提出客觀的見地與建議。所以我倡導「英元」、「法元」、「俄元」、「義元」多年，財經金融界有誰聽這種「曠野的聲音」（僑居加拿大的譯評家何偉傑先生謬讚語），依然「英鎊」、「法郎」、「比郎」、「瑞郎」、「盧布」、「里拉」個沒完沒結。但最近歐洲要統一採用的「歐洲貨幣單位」(EMU)，卻在我幾年前大力鼓吹譯為「歐元」下，「歐幣」的譯法漸漸式微，「歐元」日見成形浮出檯面，「元」與「幣」比較，「元」既精確傳達了「貨幣單位」(Money Unit) 的原義，又易寫得多，自然就會受到廣泛的使用了。

因此，局外人旁觀者清，對譯名提供沒有專業包袱的見地，多多少少還是有一些助益的。最近，小仲先生（陳錫藩）對新聞界的「第四權」，提出他的見解，不妨作如是觀。

## 「權」與「權」兩字待釐清

小仲先生誠如介紹上所說，「中西素養俱深」，對各種語文皆所涉獵，他不免見獵心喜，偶爾談一談中西互譯的見地，而且言之有物，是近來報刊上頗受歡迎的專欄之一。

六月中旬，小仲先生在《新聞鏡》四四九期上刊出〈權與權〉，光是題目便引人入勝，及至正文內緩緩道來，讀者方始明白，一為「權力」，一為「權利」，旨在「說明新聞自由是一種權利，不是一種權力；媒體有監督政府的權利，而非媒體有監督政府的權力，其理至明」。

無如在社會上，一種「權利」的發揮，能浸淫而成為一種勁道，變成了力量，事實上數見不鮮。新聞監督政府的壓力也在此。最近，臺北市議會的「白肥案」，就在輿論口誅筆伐的力量下，「自行了斷」得煙消雲散。便是媒體經由「權利」發揮出「權力」的例子。所以，從經驗上體味，英文兩個截然不同的字，中文卻能把它們類聚在一起同屬「權」，這就是中文高明的地方。小仲先生在廟堂之上，想藉名詞的闡釋，期使國內新聞界濫用「權利」為「權力」的現象有所收斂，用心良苦。

為了要「破」這種濫「權」的理論根據，小仲先生率直批評將 The fourth estate theory 譯為「第四權理論」不對，下了重話「離題遠矣」。而「立」了他的主張，「宜譯為第四階級理論」，短短一千兩百字中，小仲先生為了匡正時弊，直指根源，既破且立，文筆十分老到。

## 第四權 這詞從哪來

這篇文字引起了新聞界的一些波瀾，若如先生旋即在七月七日的四五二期上，作了針鋒相對的回應，認為「第四權並非譯錯」，說明 the fourth estate 雖源出英國，卻橫渡大西洋到了美國，變為 the fourth branch，美國行政、司法、立法三權鼎立，把新聞界稱成「政府第四部門」，與另外三部門望衡對宇，遙遙相抗，是以譯為「第四權」，這才使我們恍然明白譯文的由來。

The Fourth Estate 這個詞兒，一般都認為出自麥克利 (Thomas Babington Macaulay)，他在一八二八年（清道光八年）的一篇文字中，說到：「（國會中）記者所坐的一列，已經成為（帝國）領域中的第四種等級了。」(The gallery in which the reporters sit has become a fourth estate of the realm.）他在英國業已使用的三種等級：神職（Lords spiritual）、貴族（Lords temporal）與庶民（commons）以外，再添了一種等級，沿用迄今。

Estate這個字兒，源於拉丁文Status，古法文為estat，指「立足的方式、條件」。在牛津大字典中，指「身分、條件」（state, condition）；十七世紀中，義為「國家或社會中的一種等級或會派」（a class or order in a community or nation），後來漸漸演變成為「有土斯有財」的「地產」，乃至家大業大的「不動產」（real estate）；通貨股票錢鈔的「動產」（personal estate），英國的休旅車稱為estate car（美國則稱為station wagon）。能居之安而出有車的條件，這個字兒也成了「社會階層」與「社會地位」的意義。

若如先生說明了「第四權」其所以自，小仲先生又在七月二十八日的四五五期上，發表〈談第四權〉，打破沙鍋問到底。

一、美國稱新聞界為第四權，是否已成定論？

二、我國有無學術論著指出新聞界為第四權，這一名詞係譯自the fourth branch of government？

他引用諸多資料，自己作成解釋。

一、美國憲法當然沒有給新聞界這麼一個地位。

二、翻譯成「第四權」時宜加引號；如有可能，最好避免援用，以免誤導後輩同業及青年學子。

## 新聞界　能稱第四權？

我們從翻譯的角度切入這個問題，小仲先生認為「第四權理論」來自 The fourth estate theory，「此詞實係誤譯，宜譯為第四階級理論」，他譯得沒錯，但判斷則否。若如先生提出說明，「第四權」之譯，實出自美國新聞界的 fourth branch，政治學稱美國為「三權」政府，則「第四權」之譯，也應可說得過去，問題到此，應該就此了結。

可是小仲先生的爾後追問，已不是譯名的問題了，而是著重「媒體是否為『第四權』的質疑」。不但美國憲法，我相信舉世各國政府的憲法，都不會給新聞界這麼一個「治內第四權」，而它的「地位」卻巍然存在。

但法律上站不住腳的名稱稱謂還多的是，見官大一級的「無冕王」，也是記者的外號，能說是憲法賦予的地位嗎？

在結語中，小仲先生肯定的說：「無論中外，稱新聞界為 the fourth branch of government，似非公認。」實則，這種「政府第四部門」論，並非國內學者杜撰，舉世討論不知凡幾。

## 宜神似而不求形似

從翻譯的觀點上看來，這次「第四權」引起的波瀾，值得作為借鏡。它從英國一百六十九年前的一句話，輾轉相傳，作了越洋之旅，譯為中文，竟與原意大相逕庭。

原句中的 The fourth estate，譯為「第四種階級 (class)」，並無差錯，二十世紀中共產主義即以「階級鬥爭」為思想中心，譯「階級」意義鮮明，迎合潮流；但這個字兒也有「身分」(state) 及「地位」(status) 的意義。當時英國人的地位，區分為神職、貴族及庶民三種，這項「第四種」，在涵義上，等於中文「跳出三界外，不在五行中」，有超然物外的意義。迻譯時，如果求神似而不求形似，The Fourth Estate Theory 似可譯為：「地位超然論」。

這項理論到了美國，由於國情不同，把「地位」改成了「部門」(branch)，麥克利原來的這句話，指新聞界對全體英國人「超然」；在美國卻變成專門對「政府」的三個部門「超然」，而美國全體人民不與焉，涵義上便有了變化。中文譯為「第四權」，在新聞界樂見此譯，因為它象徵了一種「權力」；最近的新聞學者，甚至把它提升到「主權」(sovereignty) 的位階，駸駸然與國家另外三項要素：人民 (population)、領土 (territory)、政府 (government) 相提並論，足見新聞界對這一「權」的自我期許。

但從翻譯上究本追源，從「地位」(estate)、「部門」(branch) 變成了「權」(power) 及「主權」(sovereignty)，不能說是忠實的傳達。中文「權」這個字兒，不但沒有表達出 branch，反而使人聯想到權力、權益、權勢、權術、權柄，易為人指摘為「濫權」、「用權」、「逾權」……總之，在二十一世紀即將來臨之前，這項「第四權」，似乎宜有傳神達意的他譯來取代。

## 何不稱「國之公器」

愚以為，「第四權」既然源出英國的「地位超然」，以後遇到了美國新聞理論中的 The Fourth Branch，何妨乾脆譯為：「國之公器」。

但是這種斗膽的另闢蹊徑，只能列為「腦力激盪」的構想之一，作為他日新譯法的參考，它雖神合而貌離，脫離了「第四」，恐難得到認同，也在意料之中。看來，國內新聞界已成定論的「第四權」，因為這次討論，反而彰顯了原譯的確有其是處，還會繼續沿用下去。

——八十六年八月二十五日《新聞鏡》

# 黛妃薨

一九九七年八月三十一日，英國黛安娜王妃與男友法雅德，在巴黎市塞納河下一處隧道中，因車禍雙雙殞命，這個消息震驚了全世界，成為所有媒體的頭版頭條，世人都為之欷歔不已。她得年才三十六歲，與瑪麗蓮夢露去世的年齡一樣，這兩位絕色佳人都芳華猝謝，正應了中國自古以來的宿命論：「紅顏薄命」。

舉世媒體的報導，無不大字標題，極盡震撼傷痛的能事。其中一家採用「雙聲」，最為口語化：Diana Is Dead.

新聞編譯上，這則既簡且明的標題，看似平平，卻可以有多種譯法，足以證明翻譯的「多元性」，並非只一而止。

初執譯筆的人，可能字比句同，從「忠實」上下筆：

黛安娜是死了。

任何人一看譯文，與原文如影隨形，「信」，沒錯。但總覺得彆彆扭扭，不對勁兒，但又說不出一個所以然，關鍵在於譯文中多了一個「是」字。

## 黛安娜死了

英文文法中，一句話的主詞與形容詞間，還要有一個 be 動詞，始能成句。Diana Dead 便是不通；然而中文剛剛相反，主詞與形容詞之間加了 be 動詞，便成蛇足。這是從事翻譯工作應該具備的基本常識。無如二十世紀中，中文遭到西化的污染頗深，很多人一提筆寫不出雅健的文字，便是受了英文文法的影響。我曾倡議在二十一世紀來臨前，為中文「除三害」，把一些文字內窮斯濫矣的西化「是」、「被」、「們」痛痛快快砍掉，「黛安娜是死了」的「是」，便是一例。

新聞媒體如果不避白俗，這則標題還有不同譯法：

黛安娜掛了。

黛安娜翹了。

黛安娜走了。

如果用文言，也可以譯為：

黛妃逝矣。

黛妃卒矣。

做翻譯，靠字典不得，翻開任何一部英漢字典，dead 項下，絕沒有「掛」、「翹」、「走」、「逝」、「卒」這些解釋，只有死板板的「死」。所以要譯得鮮活，譯人還得要跳出字典的框框。此外，上列各句「了」與「矣」的語助詞，為英文所無，而為中文所獨有，譯人如果不懂得運用，譯文就死定了。

不過，以古文體記載，用十分莊嚴的文字來譯這一句，倒是可以省卻語助詞，而且與英文同，只要三個字：

黛妃薨。

「薨」為古代對諸侯逝世的說法，《春秋》上便有「夫人熊氏薨」、「夫人姜氏薨」、「夫人弋氏薨」……的記載，「薨」切合黛安娜太子妃的身分。

譯得感性一點，這一句還可譯成：

黛安娜魂歸離恨天。

黛安娜多情歸地府。

但是在諸家報紙的標題中，我獨欣賞「星島日報」的：

黛安娜玉殞香消。

## 狗仔隊　蒼蠅幫

黛安娜逝世，新聞用語中又添了一個新名詞——狗仔隊。

這個詞兒的原文為 paparazzo，複數為 paparazzi，源出義文，一九六六年「借」入美語，是一個相當新的字，《韋氏大學字典》第十版（一九九三年），收錄了這個字，定義為："free-A lance photographer who aggresively pursues celebrities for the purpose of taking candid photograph."（單打獨鬥的攝影人，悍然糾纏名人不捨，旨在拍攝乘人不備的照片。）

在國內字典中，最先收錄這一個字的為《英文新字字典》（*A Dictionary of New English*，羅斯主編，臺北，書林書店，一九八〇年），頁四七四，界說相同："An aggressive free-lance photographer who pursues celebrities to take their pictures wherever they go."（自由之身的攝影師，鍥而不捨地追蹤名人，以拍攝他們的照片。）

大字典中，東華書局在一九九二年八月出版的《英漢大辭典》，收得有這個字，解釋為：「專門追逐名人、偷拍照片的攝影者（或記者）。」

# 「扒扒賴吃」的昆蟲

從這三本字典的說明，便道出了這些「扒扒賴吃」的特質，他們以攝影為業，但卻不是以攝影為志趣的「攝影家」，也不是作為一種正當職業的「攝影師」，所以我與東華字典有同感，只能稱他們為「攝影人」或「攝影者」。《韋氏大學字典》畫龍點睛，指斥他們的惡形惡狀，刻劃最為地道：一、悍然糾纏（aggressively pursues）名人（celebrities）；二、拍攝乘人不備的照片（taking candid photographs）；三、他們甚罕隸屬於公司組織，都是一些「散兵游勇」（free-lance）。

「扒扒賴吃」是義大利土話，指纏定了人獸不放「嗡嗡不息的昆蟲」（buzzing insect），中文對這種狀況，有三句適當的成語，任擇一句，都可為這一個字兒寫照：

如蠅逐臭。

如蟻附羶。

如虻集背。

因此，我們似可從原文義譯這一類人為「蒼蠅幫」。

可是，從香港傳過來的「狗仔隊」譯名，似乎把原文的「昆蟲」，升為人類好友的位階，提高了好幾級，這個未見符合原義的稱呼，可能會因為黛妃之死而傳下去了。

——八十六年九月十五日《新聞鏡》

# 兩國論的另類譯法

八十八年六月以來，「兩國論」轟動萬界，一度成為舉世媒體焦點所在，當時海峽風雲陡然洶湧，股票遽墜千點，成為二十世紀最後一年國內十大新聞之首。

直到八十八年七月二十五日，美國特使卜睿哲離開臺北，據他所發表的聲明，似乎柯林頓堅持雙方回到原點——一個中國，以和平方式解決統一問題；同時以遵守臺灣法，保持支持度不變，安撫臺灣兩千二百萬人的人心。

其實，造成石破天驚的「兩國論」，其來有自。中共首創「一國兩制」（One nation, two systems）先使香港、澳門回歸，然後一心想以這種方式，請中華民國入甕。

政府為了反制，向國際聲明，臺灣並不是中華人民共和國的一省，而以「One nation, two states」作回應。

先就字義上說，英文中 country, nation, and state 這三個字兒，都可譯為「國」，但內涵上卻有微妙的差異。

從語源上探討，country 出自中古拉丁文 contratus，這形容詞為「正對面的」(lying on the opposite side)，後來成為名詞。在古法文中，成為 countree，義為「地區」(area of land)，進入英文後，便成了「由一個民族控制或者占居的區域」(district controlled or occupied by a particular people)，因此也作為「國家」。但用它時常指鄉野而非城市，鄉土味兒較重，相當中文內的「國家」；也是《論語》中「惡利口之覆邦家者」的「邦家」。美國西點陸軍官校的校訓「國家，榮譽，責任」，便是“Country, Honor and Duty”。用 Country 而不用 Nation 和 State，以示擁抱「吾土吾民」。它也是較為口語化的用詞，所以人常說「我的國家」，用的是 my country，而不用 my nation，都市郊區的 country club 為「鄉村俱樂部」，而非「國家聯誼社」。

Nation 這一個字兒的語源為「品種」(breed) 和「世系」(stock)，在英文中涵義廣泛。它出於拉丁文的 natio，指「出生」(which has been born)，不久便擴而成為「種類」(species) 或「族類」(race)，成為「民族」(race of people)。有「共同的祖先」(common ancestry) 的

涵義。但久久以後，便被「一個有組織的地域單位」的政治概念所取代，而成為「國」，比 country 正式，所以「聯合國」為 United Nations，而非 United Countries。世人所熟知的「國家地理雜誌」(*National Geographic*)，乃至球迷熱狂的 NBA「全國籃球協會」(National Basketball Association) 都用的是 National。此外，美國國內成千上萬大大小小社團，如果開始的字母為 N，那準是 National 沒錯。

State 這個字兒，一部分出於古法文的 estat（這也是新聞界「第四權」“fourth estate” 的老祖宗），一部分出自拉丁文的「地位」(status)，兩者基於相同的字根 stare（立）。

這個字兒具有「政治實體」(a political entity; body politic) 的意義，十六世紀才出現，諸如拉丁文中表達「共和國的地位」(status rei publicae) 以及「政治實體的地位」(status civitatis)，使它成了較為鄭重、較為正式用語的「國」。一般如果它用大寫，便代表了「一個政府下有組織的政治實體」(an organized political community under one government)，如「美利堅聯邦合眾國」(the United States of America)，「以色列國」(the State of Israel)，或者一個聯邦政府中所構成的一州，如「維吉尼亞州」(the State of Virginia)，也可以用為 State documents（國家文書）與 State visit（官式訪問）。但如用「警察國家」與「福利國家」，便可用小寫而為 a police state; the welfare state 了。

從語源上，「兩國論」用的是“One nation，two states”起先還掩掩遮遮，譯為「一個國家，兩個政治實體」，這種表態對岸並不領情，所以這一回我們趁著大選之前，豁了出去，乾脆譯為「一個民族，兩個國家」，更引申為「特殊的國與國關係」，硬是和中共的「一國兩制」對上了。

自翻譯的觀點來看，把 one nation 譯成「一個民族」頗為牽強，大陸的大小民族多達六十五個，臺灣本土連原住民九族也有十族，一個民族只指漢族未免太「霸」；若說是包含各族在內的「中華民族」，又未免太空泛，雙方對「一個民族」的涵義，根本沒有討論過，更不必說交集了。

One nation 似乎只宜於譯為「一國」，那 two states 又要回歸原點，譯為「兩個政治實體」了嗎？在譯言譯，拙意認為還有第三種譯法，似可譯為「一國兩邦」。

在《說文》上解釋得很妙，說 A=B，這兩個字兒一而二，二而一，「國者，邦也」；「邦者，國也」。兩者無分軒輊，是平起平坐的一字並肩王。使用上也頻頻互替。《大學》的「周雖舊邦，其命惟新」，用的是「邦」；但也同時用「國」，「家齊而後國治，國治而後天下平。」來臺初期，黨政大員還多用這兩句以此自勉勉人呢？

《論語》中，用的「邦」很多，共達四十五次，有名的句子如：

何必去父母之邦。

一言可以興邦。

顏淵問為邦。

邦有道則知，邦無道則愚。

用「國」卻只有九次：

丘也聞有國家者。

興滅國，繼絕世。

千乘之國。

能以禮讓為國乎。

《孟子》一書卻反其道而行，「邦」只用了「以御於家邦」及「周雖舊邦」兩次；而「國」字則洋洋灑灑，多達一百零三次。全書開頭第五句，便是「叟，不遠千里而來，亦將有利於吾國乎？」而不是「吾邦」。

以後便多的是「國」，如國人耳熟能詳的：

國人皆曰可殺。

霸必有國。

竭力以事大國。

則父母國人皆賤之。

君之視臣如犬馬，則臣視君如國人。

列舉這些例子，旨在說明一如英文的 nation 與 state，把它們分別譯成「國」與「邦」，可謂天衣無縫，既同意義，更沒有畸輕畸重的顧慮。古有萬邦來朝，當然有大小之分，稱邦則一，將 state 譯「邦」，一無貶意，既信且達之外，比起那種硬繃繃譯成「兩個政治實體」雅得多了。

「一國兩邦」這種譯法也符合當前政治的實況，對對岸無限上綱的「一國」，並沒有加以挑戰，談「特殊的邦與邦關係」，口氣也婉轉得多，自然也會容易接受「兩邦」的現實；他們有了面子，我們也有了裡子。

以美國為例，五十「州」的原文為state，前人譯「州」，以求符合我國的「九州」，使國人明白美國各「州」結合為「國」的情勢，但仍譯federation為「聯邦」而不譯「聯州」，指出各「州」實為「邦」，自有其法律與議會，依州情行其所當行，止其所當止，使國人對美國的政治實體一目了然，民到於今受其賜，便是前人翻譯高妙之處。

這次「兩國論」的迻譯仔細說來，還是翻譯經驗火候不足所致。其實，總統府本有翻譯大家陳錫藩在，他以「小仲」筆名在《新聞鏡》上寫「咬文嚼字」專欄，使讀者深佩他中英文造詣之深，外交詞令之雅，堪稱譯林才子。然而這一回他遠駐華府，未能在這節骨眼兒上有所貢獻，以致捅出這麼大的樓子，怎不令人聞鼙鼓而思良將！譯場真個如戰場，千軍易得，一將難求啊！

《論語》上談「有一言而喪邦者」，便是逢君之惡，國家元首偶爾發生失誤，朝廷大臣卻都一個勁兒「吾皇聖明」效忠擁戴，竟無一士之諤諤，這個「邦」不亡何待！怎不令孔子浩嘆：「如不善而莫之違也，不幾乎一言而喪邦乎？」這次「兩國論」出，果然使我們看到了現代「一言可以喪邦」活生生的例子，不在在上者的一言，而在滿朝文武的「莫之違」，還人人自誇口徑一致呢！

——八十八年七月二十七日《新聞鏡》

# 杜魯門總統的一點

近三十年來，翻譯家喬志高（高克毅）先生談論翻譯的文字，獨具一格，他不寫崖岸自高的高頭講章，而從日常生活中切入翻譯，佐以漫畫，左圖右文，筆調輕鬆，用語幽默，深入淺出，平易近人，從上流社會的中美名言雋句，到下里巴人的俗語俚詞，信手拈來，便成妙諦，貫珠纍纍，家珍如數。他所寫的《美語新詮》（六十五年）與《聽其言也》（七十三年），備受譯人的歡迎，使人覺得討論翻譯竟可以是如此享受的一種樂趣！

高先生在《美語新詮・字母湯》（頁一九六）中一件小事，卻使我未能忘懷達二十六年之久。

提起GBS來，稍有英國文學常識的人，都知道是蕭翁名字George Bernard Shaw的縮寫。除了GBS之外，只用三個字母，一望而知是姓什名誰者尚不多。在美國，有三位民主黨員做到總統的，一個是連選四任的FDR (Franklin Delano Roosevelt)，一個就是繼任的LBJ (Lyndon Baines Johnson)。詹森總統在德薩斯家鄉擁有LBJ牧場，他養的牛，每頭也有LBJ的烙印。總統是每天出現頭版的新聞人物，名字如能簡短，可以省掉寫標題的先生們很多麻煩。艾森豪總統的姓名(Dwight D. Eisenhower)，從未見用DDE來代替，但他有短小精悍的渾名「艾克」Ike。只有杜魯門Harry S Truman，既不省寫，又無外號。最奇怪的是，他名字中間的S字母並不代表什麼字，所以S後面不加一點。

引起讀者的好奇心，是作家高明手段之一。這一段提到杜魯門的「中名」(middle name)不加一「點」，而且說「並不代表什麼字」，的確為外國人名所罕見。只是高先生在同一本書中〈總統辭令和捉刀人〉(頁一一六)，杜魯門的中名後面又有了一「點」：

> 講到總統的外號和諢名，雖然是別人奉送的，但也足以反映其人的個性和作風。

除 FDR 之外，有老羅斯福的 TR（他也叫 Teddy，是 Theodore 的暱稱），甘迺迪的 JFK，和詹森的 LJB。當然，用字母縮寫或簡稱，一個主要原因是在新聞標題上可以節省篇幅，還有一個條件是必須讀起來順口。比方杜魯門 Harry S. Truman，就不習慣稱為 HST。Harry 這個名字本來就是 Henry 的小名；擁戴杜魯門的選民，因為他在演講中常對政敵做無情的痛擊，因此給他取一個外號叫 "Give-'em-hell Harry"（罵得好哈利）。

高先生在同一本書中，對杜魯門中名是否省寫，有無意義，一點有無，兼籌並顧，和平共存，那時（六十四年）剛好在三月二十四日《新聞週刊》上，刊出一篇〈懷杜熱〉的文字，記載美國人民懷念杜魯門的人品與政績，偏偏把他的全名兩次都多了那麼一點，引起了我的好奇，究以何者為是？便一頭鑽進臺北市南海路美國新聞處圖書館查資料。這一查，問題來了：

我前後翻了二十六種參考資料，似乎是「沒有」的少，而有這一「點」的居多。

先說國內的英漢字典，遠東的《英漢實用字典》（頁二一九七），和《綜合英華大辭典》（頁一四〇一），都有。

再查美國字典：《韋氏新世界字典》（頁一五一七）、《世界百科全書字典》（頁二二二六）、《蘭燈書屋字典》（頁一五二〇）、《標準字典》（頁一三四八）、《美國文粹字典》（頁一三七七），都沒有這麼一「點」。

有了這幾本鼎鼎大名字典上的證據，確實不該有這麼一「點」了吧；可是兩本也具權威的字典，《讀者文摘百科字典》（頁九四九）和《新世界字典》（頁一五一七），卻硬是有。

韋氏一系列的辭書夙稱謹嚴，卻似乎彼此不相為謀，《人名字典》（頁一四八八）中沒有；而《韋氏歷史指南》（頁一四二〇），卻又是有。

翻翻歷史文獻，《美國史實及日期百科全書》（頁八七八）、《美國總統就職演說集》（頁五五一）、《美國總統選舉史》（頁三一九九），都有。幾本傳記文學，像《羅斯福的領導才能》（頁四九〇）、《到白宮的大道》（頁三〇五），乃至出版不久的《巴頓文件》下冊（頁八八九），都有一點。

尤其，三十年中有關杜氏的五本傳記，《杜魯門回憶錄——決定性的幾年》、《杜魯門任內錄》、《米蘇里的男子漢》、一九七四年暢銷的杜老口述傳記《打開天窗說亮話》，和杜氏掌珠瑪格麗特的《杜魯門傳》，清一色都多了這麼一「點」。

倒是其他人的兩本傳記，《自由軍人羅斯福》和《艾森豪與美國十字軍》，沒有添上這一「點」。

有意思的是《美國名人錄》，一九五六至一九五七年這一本（頁二六〇七），沒有這一「點」；而一九六八至一九六九這一年（頁二二二二），卻又冒了一「點」出來。

這麼多權威典籍，居然也都一人一把號，各吹各的調，難怪高先生也舉棋莫定了。當時我將累積的結果，寫成一篇短文，結語盛讚：「為學當如喬志高，一『點』不可放過。」在「中副」發表的日期，特別記得清清楚楚，六十四年四月四日，只因為第二天蔣公逝世，舉國天崩地坼，這則小文也就消失得無影無蹤了。

人的記性好也是種苦惱，我對這一「點」，這麼些年始終念念在懷，可是要到什麼地方才能找到確實答案？除非起杜魯門於地下，才能解決，看來不去美國，這個歷史疑團無解了。近來，由於做些歷史文件的翻譯工作，譯到一九五〇年六月七日（韓戰發生前十八天）的美國國務院檔案，那時臺灣正值風雨飄搖危急存亡之秋，十個月前甫對中華民國政府狠狠砸下「白皮書」的杜魯門總統，向國務卿艾奇遜下了一道短短手諭：

附甫獲李宗仁總統有關臺灣局勢函，應否親自作覆？余認為此一局勢分析有見地。

窩在紐約的李宗仁寫了什麼，我並不在意，使我最樂的是，這封手諭後面杜魯門簽了H.S.T.的大名，筆力遒勁，果然王者氣象，這一下證明他的名姓既有省寫，S的後面赫然又有一「點」！親筆所簽，這就是鐵證了。

近三十年的疑問，無意中得到解決，止不住欣欣然，歷史有了斷定，杜魯門的中名後面有一「點」！

多年來這一「點」的歷史疑團，一夕間得第一手證據而豁然解，真可浮三大白，不亦快哉！

——九十二年元月六日「中副」

# 「走透透」與「霧煞煞」的翻譯

王曉寒兄對翻譯情有獨鍾，幾十年來，始終如一。他既有豐富的實務經驗，更有精闢的獨到理論，知行合一，一以貫之。每逢他刊出討論文字，我不僅拜讀再三，見了面更老是催他：「大作何時出書？」巴不得將他論譯文字，一體全收，可以多供咀嚼反芻，廣我譯識。

他論譯看似閒閒著墨，其實卻累積了多年的雄厚功力，對中英詞語的敏感、比較，蒐集成癖，非比等閒。在《新聞鏡》第六〇〇期上，他談〈千禧總統大選新聞用語面面觀〉一文中，對媒體使用的外來語與流行的「大雜燴」，都不厭其詳收錄闡釋。其中，他提到「走透透」與「霧煞煞」這兩個「疊詞」(reduplicative words) 在英文媒體上的譯法，十分引人入勝。

中英文字中，都有疊詞存在。以英文來說，通俗的如 it's a long long time ago（久久以前），many many happy returns of the day（年年有今日，歲歲有今朝）；文學中如《查泰萊夫人的情夫》the old old grudge against the world rose up（興起了憤世積恨）。但比較起來，中文由於每一個字兒為單音節，「疊詞」實兼有雙聲鏗鏘之美，而得以大量運用，構成中文的一項特色。上起《詩經》的「風雨淒淒，雞鳴喈喈」，到杜甫的「車轔轔，馬蕭蕭」，以迄鄭愁予「那達達的馬蹄」，形成一種優美的辭彙。

只是二十世紀西風東漸，我們的文學家一個勁兒跟定了西洋文法，亦步亦趨，講究的是主動被動、單數複數、形容詞與副詞、主詞與受詞，用的是「的、底、地」，不用「匆匆忙忙」而用「匆忙地」；「快快樂樂」換成了「快樂地」；「男男女女」變成「男人們和女人們」……疊詞這種多功能的優美藝術，漸漸在當代語文中消失了。

而這次總統大選中，宋楚瑜大膽、鮮活地使用臺灣話中的「走透透」與「霧煞煞」，使人眼光為之一亮，對選民頓生莫大的親切感，散發出一種無與倫比的文字魅力。

在疊詞分類中，「走透透」與「霧煞煞」為ＡＢＢ型，文學中最為常見，如《西遊記》敘景：「紅拂拂，錦巢榴；綠依依，繡墩草；青茸茸，碧砂蘭；悠蕩蕩，臨溪水。」《水滸傳》中，「六個人脫得赤條條地，在那裡乘涼。」《儒林外史》說胡屠戶「將平日凶惡的樣子拿出來，捲一捲那油晃晃的衣袖」。《醒世姻緣》中，「那知他又大落落的，全沒些瞅睬」。《紅樓夢》內，「只聽得頂上一聲響，嘩喇喇，一淨桶尿糞從上面直潑下來」。但用得最耀眼、最暢快的，卻是《金瓶梅》第二回〈西門慶簾下遇金蓮　王婆子貪賄說風情〉，以西門慶眼中所見潘金蓮的姿色，再添上他的「性幻想」，一連使用了十八個ＡＢＢ疊詞來形容：

但見她：黑鬒鬒賽鴉翎的鬢兒，翠灣灣的新月的眉兒，清冷冷杏子眼兒，香噴噴櫻桃口兒，直隆隆瓊瑤鼻兒，粉濃濃紅豔腮兒，嬌滴滴銀盤臉兒，輕嬝嬝花朵身兒，玉纖纖蔥枝手兒，一捻捻楊柳腰兒，軟濃濃白面臍肚兒，窄多多尖趫腳兒，肉奶奶胸兒，白生生腿兒，更有一件緊揪揪紅綢綢白鮮鮮黑裀裀，正不知是什麼東西。

文學家談疊詞，歷來都嘆服李清照的〈聲聲慢〉，一連下七疊詞，譽為「千古絕唱」。

其實若與「蘭陵笑笑生」屠隆這一段十八個疊詞相比較，則不啻小巫見大巫了。

中文的疊詞如何翻譯為英文？曉寒兄就「走透透」與「霧煞煞」，提出英文媒體的兩種方法。一種為「對原文忠實」，「走透透」譯為 Walk through through，英文讀者如果對這種句置疑，譯人大可理直氣壯，說「原文如此」。

以李清照的「尋尋覓覓冷冷清清悽悽慘慘戚戚」，寫少婦秋夜空閨獨守的「怎一個愁字了得」，康德林 (Candlin) 便依樣畫葫蘆，譯成英文為：

Seek, Seek; search, search;
Cold, cold; bare, bare
Grief, grief, cruel, cruel, grief.

這種譯法，如影隨形，極盡忠實的能事，只是要英文讀者領略作者文字之美與意境之「愁」，卻有相當距離。嚴幾道便批評過以這種方式治譯：「信而不達，猶不譯也。」

英文形容名詞或動詞，在強調修飾效果上，不大用中文的「疊詞」，而以同義語相加的「疊義」方式來表達，像「靜悄悄」可以譯為 quiet and reposeful；「滑溜溜」為 skidding and slithering；「笨呵呵」為 clumsy and fumble；「輕巧巧」為 light and airy；「卡答答」為 rattling and trembling……這種翻譯傳神達義，但卻並不與中文「形似」，我們可以稱之為「對讀者忠實」，好處為英文讀者一目了然。曉寒兄文中提出「霧煞煞」，有英文媒體譯為 foggy and hezy，便是譯壇高手之作，深獲我心。「走透透」也似可譯為 to tread around and through了。

——八十九年五月十五日《新聞鏡》

# 史頁拾遺

# 孤寂的明墓

長沙市北開闢了一處工業區，稱為「經濟開發區」，區旁正開挖一條寬達一百公尺的大道，直達銅官鎮，命名為「金霞大道」（現在已改稱「芙蓉路」），赭色土壤一望無際，宛同一條機場的跑道般那麼既寬且直，開路機具正在施工，山鳴谷應，樹倒石傾，怪手機挖掘大塊山石，碎石機加以打碎，由載重車運走。

八十八年春回長沙，與翔妹下鄉掃墓，我驚嘆這個世界變化真大，記得兒時由鄉下到長沙市區，坐划子幾乎要一天的行程，而今這條大道修成，行車只要二三十分鐘，比我在臺北縣新店家中進臺北市區還要快。

翔妹說，據報紙報導，前不久挖山開路時，發現了一座古墓擋住去路，工程人員知會省文物保管局，派人來察看過，從墓碑上知道為明代古墓，決定加以保存，這次我們經過可以去看看。她說，當地老百姓不知道埋的是什麼人，只指那裡是「烏龜馱碑」。

這處古墓就在公路旁邊的山坡上，雖然芳草已綠，那方孤零零的墓碑，在挖得支離破碎的山石襯映中，依然有一種淒涼感。

我們牽藤附葛爬到了古墓邊，那塊青石墓碑，歷經五百年的風雨，早已斑駁裂隙，全碑連雲紋碑頂約兩公尺半高，寬約一公尺，碑面刻的楷體碑文，清晰可辨。我忘了帶廣角鏡頭，距離太近照片可能不周全，於是兩兄妹採取笨辦法，把碑文一個字兒一個字兒抄錄下來，還給加上標點符號。

維

成化五年，歲次己丑，十月辛未朔越二十日庚午，

皇帝遣湖廣布政使司左參議寧瑛，諭祭於兵部右侍郎王偉曰：

「爾發自賢科，進學翰苑，歷官郎署，累效勤勞，遷亞夏官，能聲愈著。比罹讒搆，退處林泉，方茲召用，遽以疾還；尚期委任於方來，豈意訃聞於中路。特命有司為營葬祭，爾靈不昧，庶克歆哉。」

成化七年三月朔日立石

成化為明憲宗年號，五年（一四六九年）葬祭，過了兩年才立碑完成，可以想見這處御賜墓地原來很宏偉寬廣，墓前定有翁仲（石像）、石馬、神道與祭壇等等，只是五百年來蔓草荒煙，無人管理，連碑底馱碑的贔趺龜首，也遭砍斷不見；碑底一處大坑，證明這處曾遭人盜墓，砌墓的明代青方磚，也零零散散拋在蔓草叢中，這位明代擔任過兵部右侍郎（國防部常務次長）的王偉，歷史上也薄有名氣，若非開山闢路，恐怕永遠不為人所知了。

國人中，王偉的名姓古今很普遍，歷史上便有好幾個，南北朝的那個王偉，陳留人，少有才學，是侯景的「文膽」，侯景大軍的表啟書檄一應文書，都是他所撰擬。

侯景興兵作亂，把在位四十八年，有過「天監之治」政績，年已八十六歲的梁武帝蕭衍，在太清三年（五四九年）五月，禁在臺城活活餓死。侯景為人淫狂殘暴，為虎作倀出餿主意壞點子的「謀士」便是王偉，侯景兵敗見殺，那個「王偉」也就「伏誅」了。

《明史》上有兩個王偉，比躺在長沙山上這位王偉後一百年，其中一位浙江餘姚人王偉，他可是皇親國戚，萬曆五年（一五七七年）便官拜都督，是明神宗朱翊鈞的老丈人，孝端顯皇后的老爸，封為永年伯。

至於墓中的這位王偉，則是湖南攸縣人，字士英，十四歲便隨父親謫戍宣化府。明宣宗朱瞻基在宣德三年（一四二八年）八月自將巡邊時，王偉竟能呈獻一篇〈安邊頌〉。宣宗賞識之餘，命他補保安州學生，七年苦讀後，在正統元年（一四三六年）中了進士，改庶吉士，出任戶部主事。

王偉中進士的這一年，也就是明朝禍國諸太監中的一個——王振用事的開始，明英宗朱祈鎮如何寵用王振，名著《吳姐姐講歷史故事》第三十冊，便說得很詳細。《明史》上的「土木之變」、「奪門之變」與「曹石之變」這三變，都由於明英宗寵信王振而起，而與王偉一生有重大關係。

正統十四年（一四四九年），北方的瓦剌也先大舉入寇，明英宗當時還只是個二十三歲少不更事的小皇帝，信了王振的話，要效法明成祖五次親征，以為打仗如同行圍打獵般容易、輕鬆，不派先鋒，不用大將，不理後勤，說出發就出發，帶了六部大臣與官軍五十餘萬人浩浩蕩蕩上路。結果在土木堡一仗大敗虧輸，明軍土崩魚爛，王振在亂軍中，也遭英宗護衛將軍樊忠一鎚打死以除害洩恨，明英宗卻活生生當了也先的俘虜，變成了人質，成為向明朝要索的籌碼。

英宗「北狩」時，王偉留在後方，擔任監察御史的職務，率領民兵守廣平。當時北京城中留守的大臣于謙，把王偉調為職方司郎中，讓他主辦軍書及人事，他處理得井井有條，于謙很欣賞他的才華，便向監國的郕王保薦，不次拔擢，升他為兵部右侍郎，作自己的助手，由處長級一躍而升為國防部常務次長。

于謙為了杜絕也先的要挾，引用孟子的話：「民為貴，社稷次之，君為輕。」在北京城內立皇弟郕王為皇帝，是為明景帝，而遙尊被俘的英宗為太上皇。以示中國有主了，也先你死了心吧，你們奉俺們的太上皇回北京也可以，留著當徽欽二宗伺候也請便。這下使也先傻了眼，只有在第二年言歸於好，將太上皇送回北京，住進南宮。

以「千鎚萬鑿出青山，烈火焚燒若等閒，粉身碎骨都不怕，要留青白在人間」這首〈石灰詩〉聞名後世的于謙，忠勇剛直，最最痛恨裡通外國的奸人。有一個小田兒，「土木之變」前便是也先的間諜，于謙便授意巡邊的王偉加以「處置」。小田兒以為現在兩國和好了，買鹹魚放生，不知死活，還大搖大擺隨著瓦剌也先的貢使團入關晉京，一行車馬浩浩蕩蕩走到陽和城，不料大路邊斜刺裡衝出幾名大漢，不搶輜重，不擾旁人，只把小田兒揪下馬來，不容分說便一刀兩段，一躍而去。也先貢使大吃一驚，然而心中有底，這是大明國的「懲奸行動」，反正死的是漢人，也不敢吭聲追問這件事。

王偉兩榜進士出身，又在兵部擔任要職，輔佐尚書，這次懲奸行動做得細密俐落，于謙對他更信任有加了。可是王偉耍小聰明，他眼見太上皇回國，雖住在南宮，卻常有太監大臣殷殷叩候，形成一幫非主流。而在景帝以下，以于謙為首的主流派，似乎沒有察覺「一國二龍」對立的緊張形勢。

王偉為了要使非主流派不疑心他是于謙的死黨，便密奏景帝，參于謙的不是。誰知景帝為于謙擁立登基，對這位兵權在握的少保兵部尚書，倚畀至重，信任有加，怎麼會聽王偉的奏摺。便把這封奏摺給于謙看，于謙叩頭請罪，景帝就說：「朕對卿有認識，不必請罪了。」

于謙出得宮來，王偉還裝著若無其事問道：「廷公，聖上說些什麼？」于謙笑道：「士英兄，我若有什麼不對的地方，希望你老兄當面規勸匡正，何必搞這一套呢？」便從袍袖裡把王偉的密奏拿了出來，這一下使得王偉面紅耳赤，羞愧得無地自容了。

然而，王偉的這種預留後路的小動作還是有用，及至到了景泰八年（一四五七年）正月十七日，太監曹吉祥、武清侯石亨、都督張軏、副都御史徐有貞這一批非主流派發動政變，爬牆進入南宮，抬太上皇進宮升奉天殿復位，這就是歷史上的「奪門之變」。英宗從太上皇重又成了皇帝，史稱「南宮復辟」，這一下變了天，他立刻下詔廢景帝為郕王，改元為天順元年。

非主流派擁立有功，馬上成為當權的新主流派，把擁景帝的于謙、王文等一幫大臣立刻下獄，以「莫須有」的同義語「意欲」定罪，坐逆謀律，處極刑。安邦定國有為有守的一代忠良大臣于謙就此斬首東市。曹石這一批人還去抄于謙的家，卻發現于宅家無餘貲，只有一間房又是封又是鎖的，十分嚴密，抄家官尉以為必是金珠財寶所在，撬門來看，卻都是皇上賞給于謙的蟒袍劍器這些御賜品。

王偉雖然列為于謙一黨，但他曾經密參頂頭上司，新主流派為這一點放他一馬，沒有宰掉他，只貶職為民，你滾回湖南攸縣當一品老百姓去吧。

于謙死後，不但遭抄家滅產，家人都充軍戍邊，還有個千戶白琦逢迎曹石，奏准將于謙的滔天大罪，刻板成示，昭告天下，要他永世翻不了身。

可是不到五年，殺死于謙的曹吉祥、石亨等，也因為著手造反，而遭三族並誅，滿門抄斬，天下老百姓拍手稱快，真是天理昭彰，報應不爽，老天有眼啊！為冤死的于少保報了仇雪了恨了！歷史稱為「曹石之變」。

到了天順八年（一四六四年），明英宗駕崩，皇太子朱見深即位，是為憲宗，改元成化。他不計前嫌，為前朝的政變平反，復尊原要廢掉他的郕王為景帝。《明史》上說，成化三年，王偉又復職為兵部右侍郎，做了一件崇功報德的事，請朝廷銷毀白琦誣于謙罪的刻板。到成化四年，他便「告病歸卒」了。但照我們手抄的墓碑文來看，則大有出入。碑上說王偉「方茲召用，遽以疾還」，便是說雖要召用，但還沒有任命，便因病還鄉；人還沒有回到家鄉攸縣，便「訃聞於中路」，在途中死翹翹了，憲宗因此下詔御賜葬祭在長沙北郊。所以《明史》中說他「請毀白琦所鏤板」大可存疑，很可能是史官所附加。

從史觀上看，王偉資兼文武，有學有膽有謀，曾為于謙右臂，立有功績。于謙「慷慨歌燕市」死於東市，卻永永遠遠活在萬世人心中。王偉則惜乎只因一念苟且而密誣恩公，雖然當時保全了性命，卻見誚於後世，只留下長沙這處孤墳在風雨中飄搖，無人肯加重視，這也就是歷史的公道了。

——八十八年六月十三日「中副」

（註：九十一年四月返鄉掃墓，「金霞大道」（芙蓉路）修成，王偉墓已削為平地。）

# 喜見吳簡

八十六年春節，我回長沙過年，除夕前兩天，與鴻弟漫步街頭，在熙來攘往的過年人群中沾點年氣。我們從枯落的梧桐大道黃興路向北走，便到了車水馬龍的五一路。在這條十字大道的右側，圍起了高高的木柵，裡面的高牆樓頂，還有工人在工作。鴻弟告訴我，這是日商投資興建的大百貨公司，要在一年內落成。

雖則快過年了，在樓頂拆除磚牆的許多工人，卻依然在奮力工作，一錘一錘在敲打頹垣的磚塊，把碎磚殘渣運下樓來載走，我心中在想，倘若用上臺灣拆屋的「怪手」，這項工作就輕快得多了。

八十八年春，為了去年我譯的那本《鐵達尼號沉沒記》在大陸遭到盜版，引起了代理出版社與抄襲出版社間的齟齬，涉及了著作權的糾紛，而不得不赴大陸一行，到湖南省中級人民法庭作證，證明這本書確為區區所譯。

這次回到長沙，十分驚訝市區建設的快速，高樓林立淩空而起。兩年前那處還是圍欄中的工地，現在已建成了一幢巍巍二十八層的大型百貨公司，賣場寬敞明亮，穿著制服的服務小姐，站在各樓電扶梯旁彎腰行禮，連聲「歡迎光臨」，和臺灣的大百貨公司一般無二，就像一個模子倒出來的。

一眼望去，這家百貨公司的名稱，就像「八百伴」、「大葉」、「高村」一般，日本味兒很重，稱為「平和堂」。peace 在中文為「和平」，日文剛剛好倒過來為「平和」，所以托爾斯泰的巨著《戰爭與和平》(*War and Peace*)，在日譯本中則為《戰爭與平和》。

這家「平和堂」百貨公司，規模氣派，都超過了長沙市八一路另一家賣場萬坪的民營「阿波羅百貨公司」，完全按照日本方式在經營。一般人心目中，賣百貨與文物展根本是兩碼子事，而它卻在五樓設立了一處「文物展覽館」。參觀券還以價制量，高達人民幣六元一張。引起了我的好奇心，倒要看看這家百貨公司中的「長沙故城古井群遺址出土文物」是什麼。進入館內，這才喜不自勝，展出的文物雖不多，卻竟是繼西安秦俑以後，轟動全世界考古界與歷史界的「吳簡」。

原來在一九九六年，在這處「走馬樓」開挖「平和堂大廈」地基時，發現了六十多口古井，起出了三國孫吳時代銅、鐵、陶瓷各類文物三千多件。最重要的，其中的J二十二號井，挖出了以吳國紀年的大量簡牘，不是幾十片、幾百片、幾千片、乃至上萬片，而是為數達十七萬片！收穫極為豐富，論簡牘的件數，遠遠超過了二十世紀這一百年中在大陸各地——從居延、敦煌到馬王堆所出土簡牘總數的十幾倍。

蔡倫發明造紙以前，古人記事多用竹木為簡，把文字寫在簡片上。簡字從竹，可見以竹片為主，但「平和堂」所展出的樣本卻大多都是木簡，文字記在長方形的薄薄木板上。

隔著櫥窗從木簡的稀疏木紋上，我猜想——甚至是一種幻想——這些木簡的原木可能是杉樹，因為杉木在三湘生長迅速，出材豐富，木質很輕，它泡水不腐、防蟲，尤其攜運方便，該是文字紀錄的絕好材料，這是我這個檻外人大膽的假設，是否杉木則有待他日的證實了。

在儲放的玻璃櫥中，我們見到這些簡牘，經過文物保管人員細心用蒸餾水洗滌過，除去了埋藏近兩千年的泥塵，保存得很完整，黑色的隸書字跡由上而下，寫得整整齊齊，似乎還散發著墨光，向遊客訴說一千七百八十年前的往事，也證明了我國文房四寶的問世，以筆墨為最先，紙在最後，而且普及並不算很快，蔡倫在東漢元興年間（一〇五年）已發明了造紙，但到了二三三年，已經過了一百二十八年，東吳還是用簡作記錄。也虧得如此，如果那時採用了紙，就沒有這麼豐富的歷史記載流傳到今天了。

這些素材豐富的出土簡片，補充了二十五史中記載較為空虛的三國時代。歷史學家可樂歪了，但也可能要他們以幾年乃至幾十年的功力，把這些簡牘清理、整理、分類、辨別、考據、研究與討論，才能使三國時代的史料，以新面貌重現於現代。

大致上，這些木簡可分成五類：

一、佃田租稅券書。這一類為大木簡，最長，長達五十公分，寬約三～四公分，厚一公分。由於屬於契約，所以字跡很清晰，書寫得很工整，文字直行由右到左。

二、公家機關間錢、米、物的調撥券書。這一類就和「尺牘」差不多了，長約二十五公分，寬七公分，厚度較券書薄一點，由六公釐到九公釐不等，從文字上看，那時下對上行文必恭必敬。如一塊簡牘，開頭為：「南鄉勸農椽潘琬叩頭死罪白……」最後更是「琬誠惶誠恐叩頭死罪死罪」。現代官場流行大白話，書函中以你我相稱，十分普遍，官爺們如果看到這塊木簡，定會慶幸沒生在兩千年前了。

三、這一類相當於戶口名簿，屬於長沙郡所屬人民簿，記載了戶主姓名、年齡、身體狀況（如「面白無鬚」）以及有關事項。不過這些只有少量的木簡，絕大多數為竹簡，長約二十三公分，寬一公分，厚兩公釐，和神廟籤筒的神籤大小差不多。

四、名片類。現代人很難想像我們使用的名片，古代用的是竹簡；上面還寫些贈物、問安、行政公務的文字。不過展出都是木簡，如一根木簡上寫著：

長沙安平史陳沫再拜

謁　送財用大竹六百□。

最後一個字已看不出，猜想該是「支」吧。

五、賬簿類。這一類的簡，詳細記載了錢、布、米、器、稅等五類賬。稅租更分為市租、田租、關稅、俸祿、借貸、錢月旦簿（收支月報表）、諸曹歲盡簿（各機關年度報告書）等七項。

其中有一簡為：

中倉吏黃諱、潘慮十一月所受嘉禾二年租稅雜米別。

嘉禾為三國時孫權的年號，一共六年（二三二—二三七年），嘉禾二年為西元二三三年，證明當時長沙已歸吳國統治了。這與我們的想像完全兩樣。幾百年來，由於羅貫中「筆墨之快，心思之靈」，他所寫的《三國演義》，對後世的歷史概念影響極大，一般人都認同蜀漢劉備，鄙視東吳孫權，而痛恨魏國曹操，區區也未能例外。《演義》中的第五十三回〈關雲長義釋黃漢升〉，便敘述了關雲長率五百校刀手取長沙，三戰黃忠；魏延殺太守韓玄，與黃忠一同歸降劉備的故事。不但京劇有「戰長沙」一齣，幼時更在長沙市的重點中學長郡中學校園內，見到韓玄的墓，墓碑大書「長沙太守韓玄之墓」，心目中一直認定，三國時，長沙為蜀漢的屬地。

及至年事漸長，才知道李義山詩中的「洞庭湖上岳陽樓」，原為吳國魯肅訓練舟師而建的閱兵臺；而這次平和堂大廈出土的（嘉禾二年）木簡，更有歷史的證據，證明赤壁之戰（二一五年）後四年，孫權就派呂蒙白衣渡江取荊州，關雲長敗走麥城，全湘境內，連同長沙已為孫吳所有了。

彭歌兄在《三三草．筆耕五十年》一文中，戲以黃忠喻區區，「老祇老我的鬚髮老，胸中韜略比人高」，他說「黃忠是湖南人，文範姓黃，也是長沙人，黃忠憑的是刀馬弓矢，百步穿楊；文範則祇是一枝大筆。」他的比喻使我莞爾，能與劉備麾下的五虎上將挨上邊兒，也很樂。沒料到這次平和堂吳簡出土，證明長沙竟是碧眼兒孫權的地盤，黃漢升不但沒守住長沙，五虎上將全縮到西蜀萬山窩裡去了，近兩千年後的發現，仍舊使我惘然若失。不過，以一隅之地的幾十口古井，保留了一千八百年前的豐富歷史記載，長沙人堪可自傲，有了馬王堆和走馬樓這「二馬」，在古文物的出土光彩上，足可與西安秦俑並美了。

——八十八年六月十三日「中副」

# 巴頓在奧運

《舊約・士師記》參孫手撕壯獅，以一塊驢腮骨擊殺一千人；《水滸傳》上，武松赤手空拳，打死一隻弔睛白額虎；《史記・項羽本紀》說西楚霸王「身七十餘戰，所當者破，所克者服」，力能「拔山扛鼎」。這些都只是歷史的傳說。近世能在奧運「現代五項」中，接受世界級極限運動的考驗列名，又能在戰場上統兵百萬，戰無不勝、攻無不取的大將，歷史上就只有美國的巴頓將軍 (Gen. George S. Patton) 了。

一九一二年七月十五日，北歐晴空萬里，豔陽高照，瑞典斯德哥爾摩市郊的國立運動場上，人潮洶湧，旌旗如林，看臺上擠滿了麻麻密密的熱情觀眾，他們手揮藍底黃十字的瑞典國旗，為選手加油吶喊，每當瑞典的選手奪魁，便歡聲雷動，在座位上跳上跳下，把全世界選手參加的奧林匹克運動會，當成了地主國的全國運動大會。他們要在二十世紀伊始時，昭告全世界，北歐維京人的後裔，是全世界最優秀的運動員，也是最優秀的民族。

今天，更引起了觀眾的注意力，到了「現代五項」賽的重頭戲，最激烈的四千公尺越野賽登場，選手要跑過野外險峻的丘陵叢林，回到運動場，繞橢圓形的紅土跑道一周，而決勝點就在看臺皇室包廂前。忽然，全場的歡呼聲一下子便沉寂下來，從運動場五環標誌的白色弧形大門中，衝進來的第一名淡金髮色、身體瘦長的運動員，汗水濕透了紅藍白星條徽的運動衫和白色紮口短褲，步伐健勁，穩定地邁步，老美嘛！只有看臺下面的一個角落，一小批服裝鮮明的男男女女揮舞著星條旗，聲嘶力竭地以英語歡呼：「喬其！喬其！GO，GO，GO。」

喬其，是美國飄洋過海，派來參加第五屆奧運「現代五項」唯一的一名選手喬治巴頓的暱稱，他參加奧運會中難度最高的這一項，為的是不服氣！瑞典人這些北歐佬，自以為高人一等，在這一屆奧運會，破天荒增加了「女子游泳」，要使北歐女兒碧眼金髮健美婀娜的身材與潛力，在世人前亮相；又加進了「現代五項」，這根本就是對軍人——實際上，只有軍官——量身打造的世界級高難度考驗，要向世人證明，瑞典雖然是遠處北地的永久中立國，但它的國力與實力，維京人的尚武精神，足以使任何侵略者卻步，自從一七〇七年（清康熙四十八年）六月二十八日，瑞典查理十二世在波爾塔伐會戰，敗給俄國彼得大帝以後，雖然退出了歐洲大陸，但是「薩布（SAAB）公司」的雙翼驅逐機群，已翱翔在波羅的海上空；而且「卜福斯（Bofors）廠」的精銳山砲、榴彈砲與防空砲，都已為各強國爭相採用。更要利用這次二十八個國家、四千選手的奧運，展現瑞典軍人的體力超凡出眾，現代五項參賽的四十二人中，瑞典軍官便占了八位，幾達百分之二十。可是，這項四千公尺越野賽一馬當先的，不是得天時地利人和的瑞典軍官，竟是個名不見經傳的美國佬！觀眾歡呼聲便沉寂下來。

這天天氣特熱，濕度又高，巴頓在「喬其加油」聲中，滿面的汗水，雙手揮得很高，步伐也加大，穩定地領先向終點線領先。這時，運動場中忽地轟然響起「瑞典，加油！」的吼聲，跟在巴頓後面的瑞典選手奧斯布林克（Gosta Asbrink）也跑進了運動場大門，他似乎已經筋疲力盡，落後了巴頓一百多公尺遠，看來只能取得第二名了。

驀地裡，全場上萬的觀眾突然沉寂下來，紛紛站起身來，以手遮住太陽，望著終點線前，一馬當先的美國佬喬其，忽然間耗盡了精力，從大步奔跑到速度遲緩下來，踉踉蹌蹌搖搖擺擺，看上去要倒下來了，兩條腿似乎不聽使喚，到最後五十公尺時，只能慢吞吞地走，全場觀眾都怔住了，目擊炎陽下這一項競賽的激烈，遠遠超過了人類體力所能承受的極限。奧斯布林克蹣跚地掙扎，超過了巴頓，得到了第一；另一名瑞典軍官得到了第二；巴頓設法走過終點線得到了第三，由於嚴重脫水，就推金山倒玉柱地頹然摔在地上。參賽的十五人中，也有兩人暈倒，還有一位由於酷熱的高溫與濕度而死亡。

巴頓系出將門，家境富有，但卻不是膏粱子弟，他從小就騎馬打獵，十分在行，體力耐力都在常人以上。在西點陸官時，便在一九〇八年的校運大會，創造了兩百公尺高欄紀錄，一百公尺高欄得了第一，兩百公尺短跑名列亞軍；步槍射擊中，得到了「特等射手」的資格，在劍術上也名列前茅。

第五屆奧運中，修改了希臘人為戰士訓練而定的「五項運動」，改成為對現代軍人量身打造的體能極限運動「現代五項」，包括三百公尺游泳、二十五公尺手槍射擊、四千公尺越野賽跑、鬥劍，以及五千公尺野外騎乘，而且參加的運動員只限現役軍人。美國陸軍馬上就想到了巴頓，實際上，他也是美國參賽這一項的唯一選手，他在西點陸官便是徑賽選手，騎術與劍術更是眾所周知；何況打從小孩兒起，他就學習射擊和在卡塔里那島海水中游泳。

巴頓雖是代表美國陸軍參加「現代五項」唯一的、也是第一員軍官，只是七月上旬就要在瑞典舉行奧運，直到五月十二日，才把他提名給美國奧運隊，據巴頓自己說：「我當時體能狀況極好，但已有大約四年沒有跑過，三年沒有作過快速游泳。」缺乏時間來練習，但他卻戒了菸酒，對游泳、跑步這兩項他自認最弱的部分苦苦磨練。不過事實上，他一直瞧不起游泳是一項運動。但話又說回來，能參與奧運，便足以證明他的體能可以登上世界舞臺而雄心勃勃起來。

一九一二年六月十四日，美國奧運隊，連同巴頓的雙親、太太與一歲女兒小碧，一行浩浩蕩蕩上了「芬蘭號」輪船，駛向比利時的安特衛普市。巴頓在船上仍然苦練不停，天不亮，便在甲板上跑四千公尺；在船尾懸起靶子練習手槍射擊；和美國游泳隊在一個長七公尺的帆布游泳池裡練游泳。

到了奧運開賽的前一天，他聽了餿主意去休息，而沒有作熱身運動，只練習了一下手槍射擊，成績非常好，滿分為兩百分，他打了一百九十七分。由於斯德哥爾摩市在北緯五十九度，夏夜極短，不到一小時，他那一晚根本沒睡好。

大會開賽，「現代五項」要進行一週，他先參加二十五公尺手槍射擊，誰知道大意失荊州，他自認為最拿手的一項出了漏子，標靶上數來數去少了一個彈孔（事實上少了兩個彈孔），即令訓練八個月的瑞典選手慷慨，認為可能兩發子彈從一個彈孔出去，但裁判還是扣了巴頓十分，排名低到第二十一名，夠巴頓窩囊的了。

第二天，「現代五項」的選手少到了三十七人，巴頓在游泳一項表現不錯，排名到可敬的第六名，可是他已筋疲力竭，得用根鉤篙，才能把他從游泳池拉上來。

第三天和第四天為在瑞典皇家網球俱樂部鬥劍，這是「現代五項」最吃重的一項，每一個人要與參與的每一名選手鬥三回合，在剩下來的二十九名選手中，巴頓以一敵二十八，名列第三；但他也很得意「法國名劍手拉楚里只輸了一次，便敗在區區手下」。

這時五項只剩下兩項了，巴頓得到了真正的滿足，五千公尺的野外騎乘，雖然是自瑞典陸軍借來的一匹馬，他和另兩名瑞典選手得到了滿分，以時間計，巴頓名列第三。

「現代五項」的最後一天，便是恐怖的四千公尺越野賽跑，這一天，站在運動場皇家包廂前起跑的選手，只剩下了零零落落的十五人，五項成績總計，巴頓得到了第五名。

巴頓如果在這次奧運會中死去，世界近代史可能就要改寫了，當時他不省人事有多久，誰都說不上，但他後來寫到，可能有好幾個小時。在這項競賽前，美國隊的教練墨菲(Murphy)，為了增強精神，給他打了一針「鴉片」，以現代用語來說，便是自鴉片提煉的嗎啡，不像現代奧運禁藥，九十年前的奧運這並不違反規程。巴頓提到：「一到我動彈不了，連眼皮子都睜不開時，他們又給我打了一針，我真怕劑量過多，會要了我的命。後來我聽到老爸說話，聲音倒很鎮靜：『俺這孩子活得了嗎？』墨菲答道：『我認為他活得成，但卻說不準。』」幸而，他年方二十七歲，正在體能最高的時期，這是他一生中幾瀕於危的第一次。

臺灣有人稱巴頓參加奧運時，身分為士官長，看得出是字面上的誤會。事實上，巴頓在西點陸官念了五年，才於一九〇九年六月十一日，以全班第四十六名畢業，即以美國陸軍騎兵少尉任官，派往芝加哥的瑟立丹堡(Fort Sheridan)任職。第二年五月二十八日與碧茱麗結婚；一九一一年三月十一日，生了掌珠小碧。經過多方努力，他才在當年十月，攜同妻女調到「天下第一堡」的華府梅耶堡(Fort Myer)騎兵第十五團第一連任少尉排長。參加奧運前，調營部少尉經理官(quartermaster)(他很樂意這項調差，知道有多餘的時間調教他的七匹良駒和打馬球了)，我想，由於這一職務與「士官長」(sergentmaster)相似，而搞成張冠李戴了。

——八十九年九月二十三日「青副」

# 漢口大捷六十年

## ——抗戰史上一次遺忘了的勝利

### 一

中華民國二十八年十月三日，上午七時。

成都太平寺機場空軍第一路軍司令部作戰室營房前，四輛深綠色載重車，載滿了轟炸隊員，從餐廳區駛到門口停下，中蘇兩國的機員披著翻毛領皮飛行夾克，戴著飛行帽，穿著厚統皮靴，爬下車來，航炸員周之萬上尉嘴裡叼著香菸，從脖子上扯下白絲圍巾，抬頭看了看天，陽光照耀下的四川碧空，萬里無雲，正是秋高氣爽宜於飛行的好天氣。

作戰室大門前，四名帶槍的警衛士官，中俄各兩人，一一檢查本國空勤人員的通行

104

臺北市復興北路三八六號

三民書局股份有限公司收

廣告回信

台灣北區郵政管理局登記證

北台字第10380號

（免貼郵資）

姓名：　　性別：□男　□女

出生年月日：西元　　年　　月　　日

地址：

電話：（宅）　　（公）

E-mail：

證，才擺手讓他們進去。

從略有秋寒的室外進來，作戰室便顯得暖和了，說說笑笑的聲音也嘈雜起來。二大隊三十隊航炸員周之萬上尉一進門，胃就有點兒發緊，早上起床後不久，孫桐崗大隊長就把他找了去，要他準備今天出任務，帶老毛子的飛機。他心裡已經有了底，可是卻不知道要飛什麼地方，這頓早餐也糟蹋掉了，只吃了半塊蔥油餅和一個水煮蛋。

作戰室講臺上布置很簡單，只插得有中國與蘇聯的兩面國旗，此外還有志願隊和二大隊的隊旗，黑布幔遮住的一大片，可能就是地圖了。

中俄空勤人員分成兩邊，面對講臺坐下，七點二十分，身披天藍色值星帶的值星官叫大家起立，然後一聲「立正！」恭候進來的空軍第一路司令張廷孟將軍，張司令走向臺上，後面跟著志願隊大隊長庫力申闊先生，還有軍區司令部的幾名參謀官。

司令到了臺上，回過禮後，值星官才拍地向後轉，下令「稍息！坐下！」

張司令在臺上，請庫力申闊坐下，翻譯官馬俊少校站在身邊，一句句譯成俄語：「庫大隊長，志願隊的飛行弟兄，孫大隊長，各位官士：今天本路軍要出一次混合作戰任務，去轟炸——」他停頓了一下，肩膀上兩邊兩粗一細的金槓文風不動，銳利的眼光掃遍鴉雀無聲的會場：「漢口機場！」「這是一次艱鉅的遠程作戰，沒有戰鬥機護航，全靠各位的勇氣與毅力達成使命。」

他簡短明確的作戰命令一下達，會場中便有些嗡嗡營營起來，飛漢口，他娘的，來回一千七八百公里多呢，戰鬥機當然跟不上，就靠我們去捅這個馬蜂窩……南昌和漢口，成了小日本鬼子的大基地，怕不有一百架戰鬥機接駕吧……

任務提示中情報參謀的報告，證實了猜測，日機不是一百多架，而是兩百多架！他說日本陸海兩個軍種的航空隊，共用漢口丁家墩機場，稱為「W基地」。陸軍方面以對地支援岡村寧次的第十一軍作戰為主，剛剛在九月一日，成立了第三飛行集團；集團長為木下敏少將，下轄飛行第六十戰隊、獨立飛行第十六中隊、第十五航空情報隊、第十五航空通信隊，還有兩個機場大隊。日本海軍航空隊在漢口的指揮官為塚原二四三少將，他是第一聯合航空隊司令，此外還有第二聯合航空隊（簡稱為一聯空與二聯空）、下轄第十三航空隊、木更津航空隊、鹿屋航空隊、第一根據地隊江上飛行機隊。日本海陸軍飛機共達兩百架以上。主力為九六式轟炸機、九六式戰鬥機、九五式偵察機。我方敵後情報報告，漢口機場有少數新飛機起落，據判斷為新型試飛尚未成軍的零式戰鬥機。

至於地面高射砲兵的部署，情報官指出，在漢口機場四周，有中、高射砲兩個大隊，共十處陣地，口徑為十．七公分高射砲四十門，射高最大為五千五百公尺。至於高射機關砲，由於這次任務為高空投彈，不打地靶，便可略而不計了。

氣象參謀的報告，使臺下的轟炸哥兒們亦喜亦憂，喜的是正是華中秋季標準天氣，去時為西風，風速三十公里，有助於速度；目標區上空稀雲，氣溫攝氏二十二度，能見度良好，有利投彈。憂的是萬里晴空，不能進雲擺開九六機的追擊。

作戰參謀壓軸的重頭好戲登臺了，他嘩的一聲拉開黑幔，一幅大地圖指示了整個任務的航程、航向、與時間。他說得很仔細、很清楚，翻譯官也在旁邊，亦步亦趨譯成俄語，空勤人員都在筆記本上仔細記下來。

任務代號：鐵拳

領隊：志願隊轟炸機大隊大隊長庫力申闊（鐵拳零號）

副領隊：二大隊大隊長孫桐崗上校（鐵拳零零號）

領航：二大隊二十隊航炸員周之萬上尉

飛機：SB－2中轟炸機，志願隊六架，二大隊六架

飛機代號：按俄、中兩個大隊，為「鐵拳一號」到「鐵拳十二號」

飛行隊形：俄中四個三機分隊，前後編隊

載彈：各機載一百公斤爆裂彈十枚

起飛時間：〇九〇〇

速度：起飛後全速爬升，至五千公尺後改平；巡航速度每小時兩百五十公里，飛抵涪陵，在目標區前三十分鐘，改為每小時三百八十公里，爬升至七千公尺；飛完轟炸航路；以最大速度四百公里脫離。

航線：起飛後在成都平原上空編隊，航向九十四度，經遂寧，在忠縣上空越過長江，越利川、恩施，在湖北江陵上空再越長江，開始爬升至七千公尺，以漢川為進入點。預計到達時間為一二一〇，利用日正當中，機隊在高空不易發現，十二機以前後密集隊形，作連續投下。

回程經宜昌、萬縣、梁山回成都基地。

航程中無線電靜止，飛抵進入點後啟用密語，投彈後靜止，過梁山後開放。

周之萬一面記，手心卻濕濕的，惟恐錯掉一項，一到作戰參謀問：「有問題沒有？」他舉手站起身來說道：「命令規定我為庫力申闊大隊長領航，只是我不通俄語，如何與領隊溝通？」

作戰參謀怔了一下，司令卻站了起來回答：「之萬，這件事你不必擔心，我和孫大隊長都考慮過了，二大隊中以你領航最熟，這次飛遠程非你不可。而且你英文好，庫大隊長在俄國飛校也主修英文，溝通上不會發生困難。」

坐在臺上一直都在聽任務提示作筆記的庫力申闊，聽了翻譯官悄悄的傳譯，轉過頭來，向臺下的周之萬眨巴了一下藍眼珠，用英語說道：「Don't worry about it, Captain, we are in the same boat.（別擔心，上尉，我們同舟一命了。）」

連一直嚴肅的張司令，也給逗得笑了起來。

## 二

一望無涯的太平寺機場，廣大的草地已經微微變黃，一列整整齊齊停著的銀灰色SB–2中轟炸機，在初秋的陽光下閃閃發亮，發動機都在營營運轉，二十四個銀盤迎接初秋的金陽，閃耀光晶，轟雷震耳。一身飛行皮衣臃臃腫腫的機員，同飛機邊的機械士握握手，拍拍背，每架飛機飛行員、航炸員、與射擊士，三名機員揹著降落傘包，從機艙底的機門爬上了機身。

長機旁三名中俄機械士舉手敬禮，庫力申闊走近座機，和為頭那名滿面胳腮鬍的棕髮大塊頭大聲說了幾句話，怒容滿面，胳腮鬍倒是笑嘻嘻的，毫無懼色。

爬上長機，庫力申闊對眼光好奇的周之萬說話：「潘洛維基，機工長，十年了，我問他昨晚去什麼地方？他說中國姑娘很溫柔；四點半就回機場了，加油掛彈試車，一點也不含糊，飛機和娘兒們一樣，每凡經他摸一摸，摟一摟，親一親，保證立刻服服貼貼。我罵他一身酒氣，出任務回來就要把他送回西伯利亞去，他倒說了句使我窩心的話。」他頓了頓：「一定等人隊長回來辦我。」

庫力申闊坐進駕駛座，戴上耳機，檢查儀表和煞車，試試駕駛桿和方向舵，對坐在旁邊的周之萬作了個手勢，周之萬戴上耳機，才聽得到塔臺與長機的通話，看看表鐘，指著八點五十分。

「Here we go now!（上路了！）」庫力申闊鬆開煞車，右手緩緩推動油門，這架翼展二十公尺，全重七噸半銀灰色的轟炸機，翹起蒲扇般的尾舵，緩緩滑上滑行道，十一架大鳥像隊小鴨子般，以相距五十公尺的距離，搖搖擺擺慢慢跟著長機滑到跑道頭。

在轟雷般震耳的發動機聲音中，周之萬聽到了司令在塔臺向轟炸隊道別的聲音，分別用中文和俄語說：「志願隊！二大隊！一戰成功，凱旋歸來！」

長機得到塔臺許可起飛，庫力申闊鬆開煞車，緩緩把油門向前推，飛機便在跑道上由慢而快向前奔騰，兩具各七百五十馬力的發動機轉速越來越快，兩側的跑道燈也越來越快掠過，周之萬記下了起飛的資料：

滑行時間——四十一秒

滑行距離——七百八十公尺

離地時間——九點二分

長機離地後，緩緩爬升到兩千公尺，在機場上空兜圈子，等候十一架僚機一架跟一架起飛編隊，在空中集合完畢後，按照任務提示的隊形，緩緩爬升到四千公尺，然後脫離成都的綠色平原向東飛去。

周之萬在航路圖上，按照任務提示，劃出航向九十四度。不過他向庫力申闊表示，司令部規定的航向，可能有問題。他說依據地理常識，成都為北緯三十・四度，與漢口三十・五度緯度相差無幾，應該採取九十度甚至八十九度飛；何況有長江這條浩浩蕩蕩，閃閃發亮的緞帶地標作指引，走直線就飛到了，為什麼反向南偏了四度？

手把駕駛盤的庫力申闊只聳了聳肩，說道：「周上尉，在紅軍中，不准對上級命令質疑的。」

周之萬不禁問道：「大隊長，你是紅軍現役軍官，又是轟炸大隊大隊長，為什麼他們稱你為『先生』？」

庫力申闊說道：「問得好，周上尉，要知道志願隊是沒有國籍的啊，自從去年進入中國國境，我們就不准提起軍階與兵籍號碼，除了作戰，不准穿軍服。穿中國軍服，領中國薪津，是純粹的外籍兵團。不過，」他又補充了一句：「我們也得不到日內瓦公約的保護，萬一掉下去遭日本兵抓到，身分上就不是俘虜了，而是——」他用手掌在脖子上抹過去：「間諜。」

成都平原已經遠遠留在後面了，機群正飛在墨綠深青的萬山叢上，發動機轟轟地運轉得很均勻，長機分隊的兩架僚機跟隨在機翼兩側，似乎凝固在空中似的。

周之萬到機頭槍塔，檢查兩挺夏克斯(ShKAS)七・六二公釐的機槍，上下操作了一下，上了紅膛；又到機尾看看尾槍射擊士伊凡，比手劃腳了一下，指指手錶，表示還有一個小時就要飛到目標區了。

飛過涪陵，機員都戴上了氧氣面罩，機頭緩緩拉起，以每分鐘四百公尺的爬升率，飛到了任務提示的七千公尺作戰高度。

周之萬俯瞰地形水道，檢查航圖，發現現在已飛進了湖北境內，往南遙望，便是一片隱隱約約浩浩淼淼的水面，洞庭湖！航線果然偏了，立刻通知庫力申闊，航向轉向五十度，也作手勢要僚機靠攏，四個分隊隊形緊縮飛近，現在已進入敵人的戰鬥機作戰圈以內，周之萬覺得在高空的寒風中，背部卻濕津津地，手心中又沁出了汗水。

直到機頭前方下面，重現長江的一線緞帶，他這才心裡一塊石頭落了地，總算帶到目標區了。武漢三鎮麻麻密密黑壓壓一片城市也遙遙在望。飛過長江便是丁家墩機場，他來過好幾次，錯不了。心中也慶幸，長江中的那幾艘艨艟日艦，怎麼一彈不發。

他向庫力中闊做一個大拇指上舉的手勢，大隊長按下無線電話開關，簡簡單單說了一聲：「鐵拳，蘋果！」機群的速度增大，各機炸彈艙門大開。

周之萬頭皮發緊，嘴中發苦，知道轟炸機的生死關頭到了，無線電通話已暴露了行蹤，而機群飛轟炸航路時，只能作水平等速的直線飛行，炸彈沒有投下去以前，飛機不能迴避，正是高射砲與戰鬥機打鴨子的最佳時機，他預料著會有一蓬蓬黑煙在機頭前湧現，或者戰鬥機的一列列子彈從機頭掃到機尾，機身爆炸成一團烈火掉了下去。

說也奇怪，亮燦燦的碧空毫無動靜，頭頂的熾烈秋陽，遮蔽了地面的視線，只有這十二架銀白色的轟炸機，在高昂的發動機吼聲中，敞開了炸彈艙門向目標飛近，好呀，要你好看，打這些龜兒子一個措手不及！周之萬一把扯下霧氣濛濛的風鏡，從轟炸瞄準器中看得清清楚楚，漢口市郊那一片機場在望，一條直蕩蕩的跑道，想必是午餐時刻，竟沒有半架飛機起降，而跑道的東、西、北三面，麻麻密密停滿了飛機，機翼挨著機翼，就像展覽箱中釘著的一群蜻蜓標本。他把瞄準器的十字線對正跑道中央，按下投彈按鈕，連按幾下都沒有動靜，這才知道電路有了故障，眼看著十字線慢慢向北移，便奮力把投彈手柄一拉，在通話器中一聲怒吼：「鐵拳，投彈！」

一百二十枚暗灰色厚厚實實的爆裂彈，翻翻滾滾從機艙一排排向下落去。炸彈離艙，機身猛然向上飄揚，也代表了機員輕鬆的飛揚心境：「投彈了！」

## 三

（在二次大戰期中，日本海軍的飛行員坂井三郎一等航空兵曹（飛行上士），是一位擊落敵機六十四架的「擊墜王」。他在戰後所寫的自傳中，真真實實記錄了那一天我國空軍轟炸W基地的經過。）

我絕對無誤記得那一天——昭和十四年（一九三九年）十月三日，剛剛看完信件，正在擦拭我座機上的機關槍。在機場上的每一個人都輕輕鬆鬆自自在在，有什麼可擔心的呢？幾幾乎在每一次戰鬥中，我們都痛揍了支那和國際的飛行員啊。

驀地裡，塔臺氣急敗壞的叱叫聲打破了沉寂，一下子，沒有任何預告，整個世界湧起了一連串天崩地裂的咆哮，地面晃晃搖搖的震盪，爆震波直撲我們吃驚的耳朵。有人大聲嚷嚷——毫無必要的喊叫——「空襲！」然後，警報器震耳欲聾地發出了為時過晚毫無用處的警報。

已經沒有時間跑到防空洞裡去了，而今，炸彈爆炸的猛烈越來越強，成了不斷的轟轟雷聲；整個機場冒出黑煙，我聽見炸彈破片劃空而過的刺耳銳嘶聲，其他幾個飛行員和我從金工場向防空洞沒命的跑，我身體彎得低低的，以躲避尖嘯的炸彈鋼片，一頭撲進兩個大水櫃中間的地面上，那真是間不容髮，附近的機槍庫猛烈爆炸成一團煙火，然後一列炸彈在機場轟過，重重錘擊我們的耳朵，冒起了好大一蓬蓬的硝煙與泥土。

往地面上撲要是耽誤了一秒鐘，那就是我命休矣。附近那一連串的炸彈爆炸，猝然間停止了，我抬起頭來看看發生了什麼情況，在整個機場都是穩定的「空隆」炸彈爆炸聲中，還聽到了高聲痛苦的哭叫與呻吟，在我四周躺著的人都負了重傷，我開始向一個最近的飛行員爬過去，忽然臀部和大腿像刀戳到了似的劇痛，我將手伸下去，摸到了血從褲子裡滲漏出來，傷口很痛，不過，運氣還好，不算太深。

這時，我激動起來，人站定了又跑，不過這回卻是折回往機場跑，在跑道上跑時，望一望天空。我看見頭上有十二架轟炸機的編隊，很高，大約有七千公尺，正作一次大轉彎，那些是蘇製的SB雙發動機轟炸機，支那空軍的主力機種，不容否認它們突如其來的奇襲攻擊，具有難以置信的威力，我們完全沒有準備，遭打了個正著，直到蘇製轟炸機已投下炸彈，嘯叫著落下來以前，沒有半個人有任何警報，我在機場上所見到的真令人震驚。

在長長的跑道上，機翼挨著機翼所停的陸軍與海軍兩百架飛機，大部分都在熊熊火起。飛機油箱爆炸，一大片一大片的火焰向上衝，把翻翻滾滾的黑煙往上送，沒有起火的飛機，卻由於機身上炸的破片口子，正在漏汽油，火勢從一架引燃到另一架，點著了滴滴下漏的汽油，一架跟著一架燒了起來，長長的一排排轟炸機與戰鬥機，猛然成了一片炫目的深紅色。轟炸機就像爆竹般爆炸，而戰鬥機就像火柴盒般起火。

## 四

我像瘋了一般，在起火的飛機四周跑，拚命要找一架沒有損傷的戰鬥機。奇蹟地，有幾架九六式戰鬥機在另外一處，逃過了這一劫，我就爬上一架的座艙，開車發動，也不等它加溫夠了，便加大油門使戰鬥機在跑道上起飛。

我的戰鬥機飛得較快，漸漸趕上轟炸機編隊，它們的高度也增加了，我把油門推到底，從這架抗議的三菱戰鬥機，哄出每一丁點兒的速度來。在我起飛二十分鐘以後，我差不多飛到了敵機的高度，爬升得很穩定，所以我可以從轟炸機毫無保護的機腹開槍射擊。

我不大理會這項事實：我是空中唯一一架戰鬥機，也很明白，這架火力輕薄的九六式戰鬥機，本身並不能對這十二架轟炸機構成一項嚴重的威脅。在我下面是長江邊上的宜昌，依然由支那軍隊防守中，我要是在這兒遭擊落，即令逃得過墜毀的一死，那也就會在蔣軍手中，定會是恐怖的死亡。可是沒有什麼能耽擱我的攻擊，這就是為什麼我以「武士」的傳統起飛，除開盡自己可能對敵機作最大的摧毀外，沒有想到其他。

我從轟炸機編隊後緣的那架轟炸機後面下方逼近，敵人並不是沒有發現，機尾的機槍火光閃閃便可以證明，敵機的射擊士沒有打中九六式戰鬥機，我儘可能逼近這架飛機，集中我的火力打它的左發動機，當我掠過爬升在這架轟炸機上面時，我見到剛才打過的那具發動機拖曳著黑煙了，它脫離了編隊，開始失去高度，我便一個俯衝轉身，來結束掉這架瘸腿機。不過我根本沒有追隨這項優勢，即令我推駕駛桿向前，進入一個淺俯衝時，也記起了宜昌在漢口西部兩百四十公里遠，再多飛一程來追這架轟炸機，那也就是我不會有足夠的燃油飛回基地，也就是說，會在敵人領土中迫降。

以冒險行動進攻優勢敵人，與送掉一條命與一架飛機，其中還是有所不同，繼續這項攻擊也就是自殺，還沒有必要作這種劇烈的行動，我便返航回基地。當然，我並不知道那架蘇製轟炸機是不是安全飛回自己的機場，但最壞也會在友軍部隊中墜毀吧。

飛回漢口，敵人僅僅十二架轟炸機所造成的恐怖損毀，真是難以置信，我們的飛機幾幾乎全都報銷或者損毀了，基地指揮官左膀子斷了，他手下幾名官員，還有飛行員與維護人員，都死的死傷的傷。

我都忘記了自己的傷口，熱狂追擊以及作戰的興奮，暫時克服了痛楚，我從飛機上下來走了幾步，就倒在跑道上了。

……

我再度見到日本，並沒有等很久。兩天以後，我接到調動命令，派我到大村聯隊報到，大村航空基地離我家鄉最近。我離開根本沒什麼喜洋洋，大尉人事官扳起臉孔警告我：「為了安全，你回到日本不得把這次不幸告訴任何人，懂嗎？」

「報告長官，是，為了安全，我回到日本，不得把這次不幸告訴任何人。」我複誦一遍。

然後我舉手敬禮，走出門到機場去，搭上送我回國的那架運輸機。

## 五

整整六十年前，我國空軍在漢口一役的大捷，零比二百，戰果豐碩，卻因為日人保密成功，史實湮沒。而今，史料畢陳，證據湧現，容我們讚揚：這是抗戰史上我國空軍的臺兒莊大捷。

——八十八年十月六、七、八日「青副」

# 屠隆與李鴻章

## ——文學史上兩件剽竊案

炎炎長夏中，我窩居山齋，以浮瓜沉李、譯稿讀書消此永晝。選讀的諸書中，便有年輕時曾讀過的《金瓶梅詞話》。回想半世紀前讀這部書時，懷著「雪夜閉門讀禁書」的心情，迫不及待，專門只找那一萬三千一百二十字的「精彩」片段，匆匆掃描，囫圇吞棗，從未細細品味過作者文采恣肆的「雲霞滿紙，無限煙波」。

近三十年來，兩岸「金學」大盛，最重要的突破，便是魏子雲、鄭閏、黃霖幾位先生，解決了四百年來的謎團，知道這部書筆名蘭陵笑笑生的作者，即是一衲道人屠隆，他並不是一般以為的是山東人，卻是地地道道的「江南鄞人」；至於書中使人視為畏途難懂的字詞成語、方言俚諺，以及明代的典章制度、人情風俗、宗教服飾，坊間也都有了詳盡的「導讀」，臺灣魏子雲兄著的《金瓶梅詞話注釋》；大陸毛德彪、朱俊亭合編的《金瓶梅注評》，都按回目注釋，以這兩部書作指引手冊，按圖索驥，閱讀上的許許多多疑難，便可迎刃而解，使我再讀的興趣大增。

舊小說大多在第一章，作者以詩詞作「開場白」，說明這部書的主題何在。最有名的當屬曹雪芹《紅樓夢》中的「滿紙荒唐言，一把辛酸淚，都云作者痴，誰解其中味？」羅貫中的《三國演義》，也以一闋詞作引子「滾滾長江東逝水，浪花淘盡英雄，是非成敗轉頭空，青山仍舊在，幾度夕陽紅」。馮夢龍的《東周列國志》，則是「道德三皇五帝，功名夏后商周，英雄五霸鬧春秋，頃刻興亡過手」。

因之，今夏重讀《金瓶梅詞話》，便要細細品味看看屠隆的「定場詩」如何，翻到第一回〈景陽岡武松打虎　潘金蓮嫌夫賣風月〉，看完「詞曰：『丈夫隻手把吳鉤……』」不禁拍案而起，哈哈大笑：「屠隆這廝抄襲！」

我為文史檻外人，但卻對這一闋〈眼兒媚〉，熟得不能再熟，展頁如對故人，十分欣喜。

只因近二十年來，我在治譯以外，專心致志，要為抗戰聖地的蘆溝橋正名，在《李文忠公全集》中，找到一項重要的證據，李鴻章於道光二十三年（一八四三年），以舉子之身，從合肥自早道北上，過蘆溝橋進京會試，高中進士。當時寫了四首〈入都〉詩以明志，第一首為：

丈夫隻手把吳鉤，意氣高於百尺樓。一萬年來誰著史，三千里外欲封侯。定須捷足隨途驥，那有閑情逐野鷗。笑指蘆溝橋畔路，有人從此到瀛洲。

李鴻章寫這首詩時，年方二十歲，識見超邁時人，知道橋上乾隆題碑有誤，不像寫《兩般秋雨盦筆記》的梁紹壬，早於他十七年前（道光六年，一八二六年）過橋賦詩，還寫此橋為「盧溝橋」。我讚賞李氏以二十歲青年「立志」的不凡抱負；尤其欣賞他大有劉邦拔三尺劍斬白蛇的氣魄，志氣更在陳元龍的百尺高樓以上了。

後來，我為了找「蘆溝橋」資料，在《全宋詞》中，去找范成大的「九日過蘆溝」一闋〈水調歌頭〉，細細翻尋，無意中竟發現了「丈夫隻手把吳鉤」的原作。

南宋寧宗時，開禧元年（一二〇五年）的進士卓田，字稼翁，便有「題蘇小樓」〈眼兒媚〉這一闋詞：「丈夫隻手把吳鉤……」

最先我還以為，年輕的李鴻章愛上了這闋詠「兒女情長，英雄氣短」的詞，記誦在心，「不知不覺」用到自己的詩中，腐儒曾評卓田這闋詞「溺志」，他卻來一個一百八十度的「借用」，用在自己的「立志」上。

然而，重讀《金瓶梅詞話》，我對李鴻章是否引自《全宋詞》，想法上發生了動搖。推想一百五十年前，當時的學子士人沉溺於八股制藝，「那有閑情讀宋詞」，很可能看了「閑書」，從《金瓶梅詞話》上，引用了這一句作〈入都〉詩四首的首句，但我卻不得不讚他「雖是抄襲，卻用得高明！」

子雲兄談他證實屠隆即蘭陵笑笑生，提到「上海復旦大學的黃霖教授，於一九八三年初，在「復旦學報」第三期，發表了一篇〈金瓶梅作者屠隆考〉，因為他從《山中一夕話》中，發現到一衲道人屠隆所作之〈別頭巾文〉的一詩一文，正是《金瓶梅詞話》第五十六回中，出自應伯爵口中的那一詩一文，遂引發靈機，寫了這篇考證，認為《金瓶梅》的作者是屠隆」。

而我也是為了李鴻章的一首〈入都〉詩，偶然在數達一萬九千九百餘首的《全宋詞》中，讀到了卓田的這闋〈眼兒媚〉，留下了深刻印象。所以今年重讀《金瓶梅詞話》，在第一回的「詞曰」下，就立刻知道這並非屠隆所作，他與李鴻章雙雙巧取卓田的作品為己作，以為天衣無縫，但卻在一個檻外人的「無心插柳」下，揭露了真相。

古往今來的文學作品中，以屠隆的《金瓶梅詞話》，明目張膽抄襲《水滸傳》，自「武十回」的潘金蓮與西門慶，牽引出洋洋灑灑數十萬言的小說，但卻無損於施耐庵的鼎鼎大名；這與《紅樓續夢》、《續紅樓夢》、《紅樓重夢》一般，讀者可以理解，也可諒解。但在書中第一回一開場，便把卓田的這闋小令，據為己有，卻屬過分。我指他「剽竊」，便由於他在這闋詞之後，一口氣以九百二十五字（不含標點）闡釋劉邦與戚姬、項羽與虞姬的故事，絲毫沒有提到詞牌與何人所作，反而以「此一隻詞兒」輕輕帶過，埋沒了真作者，以示出諸他本人彩筆，太欺天下人不讀書。

子雲兄研究《金瓶梅》三十年，見人之所未能見，發人之所未能發，使「金學」開創了一個新天地，只是他的研究成果，卻常被人襲用，而止不住在《金瓶梅研究二十年‧緒論》中十分感慨：

在學術研究上，同一問題，若有人業已發現論及，後者見之，如同意，可以引述在文中，但必須注明來歷。如不注明，那就是剽竊。如不同意，則為文正之。斯乃治學之道，不可不守。清人章實齋先生有言：「竊人之言以為己有者，好名為甚而爭功次之。功欺一時而名欺千古也。郭象竊莊注於向秀，君子以為儇薄無行矣！」

其實，舉世多的是剽竊，要加遏制，只有窮追猛打嚴批厲評，不稍假借，你不打，他不倒。子雲兄訴諸道德，對文抄公只是東風過馬耳，保證剽竊如故。

子雲兄其實早已知道了「此一隻詞兒」為卓田的〈眼兒媚〉，但愛屋及烏，卻對屠隆無一語之責。我要借用他的話，還卓稼翁一個公道，「可見文人剽竊他人之文以為己有，雖能得功於一時，但卻名欺於千古，為後人唾罵，雖得名亦臭名也。」

屠隆將卓田這闋小令收為己有，稍有更改，〈眼兒媚〉為雙調四十八字，前段五句三平韻，後段五句則為二平韻，《全宋詞》所載為：

眼兒媚　題蘇小樓

丈夫隻手把吳鉤，能斷萬人頭。如何鐵石，打作心肺，卻為花柔。　嘗觀項籍并劉季，一怒世人愁。只因撞著，虞姬戚氏，豪傑都休。

而《金瓶梅詞話》中則為：

丈夫隻手把吳鉤，欲斬萬人頭。如何鐵石打成心性，卻為花柔。請看項籍并劉季，一似使人愁。只因撞著虞姬戚氏，豪傑都休。

屠隆未分段，將前後兩段各五句，改成了四句，這已經不應該了；這闋詞詞內雖有劉季，但仍以「萬人敵」的項羽為主，「能斷萬人頭」表示項羽有萬夫不當之勇；而「欲斬萬人頭」，則是一種殘忍嗜殺的心願，兩者的涵義相差豈可以道里計。「心肺」改作「心性」不佳，「嘗觀」改為「請看」，雖然無關詩意，但也不見得較原作好。而屠隆改的「一似使人愁」卻最遜，使人丈二金剛，摸不著腦袋，不知道他這一句要表達的是什麼。而原作的「一怒世人愁」，便說明了項羽當時殺子嬰、弒義帝、坑秦卒、屠咸陽、燒阿房，的確使世人聞而股栗，兩兩比較，屠隆這一句改得毫無道理。

屠隆與李鴻章，雖然成大名，卻都犯了文人的大條——「剽竊」，為後人一一指出，畢竟不光彩。倒是卓田，傳記上說他「工小令」，他只以一闋〈眼兒媚〉四十八字，卻蒙明清兩代名人青睞竊為己有，但也得到民國譯人打抱不平，為他出了這口四百年的悶氣，因而傳名後世。歷史畢竟公平，也可算得上是遲來的正義了。

我認為，歷史的功能之一，為使人明辨是非，雖四百年後才真相大白也不晚。

——九十一年九月四日「中副」

# 唯大詩人善抄襲

八十七年十二月五日，傅建中先生在報端發表一篇文字，就中共國家主席江澤民這年訪日，在仙台訪魯迅就讀過的醫學專門學校時，特別寫了一首詩送給東北大學：

丹楓似火照秋山，碧水長流廣瀨川。且看乘空行萬里，東瀛禹域誼相傳。

傅氏在文中指出，「且看乘空行萬里」，出自唐代王維〈送別日僧仲麻呂歸國〉詩：「九州何處遠，萬里若乘空。」而「丹楓似火照秋山」，出於魯迅一九三一年十二月，送日籍老同學增田步所作詩中「楓葉如丹照淑寒」這一句，言外之意，似乎江詩「重複」。

不過，傅文有些闡釋過敏，把「禹域」聯想到大禹治水，「而今夏大陸上水災空前嚴重，予人『盡成澤國』的沉重感。」則是對「禹貢九州」典故的誤解了。

詩用語精練，抒情感懷往往藉隱喻或典故表達，有時沿用他詩以作己見，這在東西詩作中數見不鮮，惡之者稱為「抄襲」(plagiarism)，喜之者認係「保存」(reservation)。

愛爾蘭戲劇家謝里登 (Richard Brinsley Sheridan, 1751–1816)，對襲用莎翁原句便自承不諱，卻說得振振有詞：「只能這麼說吧，趕巧兒英雄所見略同——只不過莎士比亞先用罷了。」(All that can be said is, that two people happened to hit on the same thought, and Shakespeare made use of it first.)

在我國詩史上，後人襲前人用句的極多。詩聖杜甫作品中的名句，後代詩人有意無意都加以引用。例如他的一聯：「洛城一別四千里，胡騎長驅五六年。」柳宗元遠謫柳州，也有句：「一身去國六千里，不死投荒十二年。」蘇東坡也有同樣的遭遇，同樣本於杜句而寫出：「故山西望三千里，信事回思十二年。」

蘇東坡一代大家，但襲用起他人的詩句，也大大有名，比如他詩中「颯颯催詩白雨來」，出自杜詩「片雲頭上黑，應是雨催詩」。他那闋「明月幾時有，把酒問青天……但願人長久，千里共嬋娟」的〈水調歌頭〉，千古絕唱，但這最後兩句，卻出自寇準的「念故人，千里自此共明月」。他悼王夫人的那闋〈江城子〉「料得年年腸斷處，明月夜，短松崗」，出自孟棨〈本事詩〉，「欲知腸斷處，明月照孤墳」，但東坡的「短松崗」卻比「孤墳」淒美得多了。蘇東坡也不諱言他用別人的詩句，有人問他，你那兩句「似聞指麾築上郡，已覺談笑無西戎」，可不是杜詩中「談笑無西河」嗎？東坡笑道：「不錯，但少陵何嘗不是抄左太沖『長嘯清激風，志若無東吳』的？」擺明了老杜可以抄左思，俺老蘇也就不客氣抄老杜不誤了。

談到宋代大詩家，都以「蘇黃」並列，其實黃庭堅也是位大保存家，他喜歡白居易的詩，「不知不覺」中就保存為己有了。白樂天有一首詩為「霜降水返壑，風落木歸山，冉冉歲將晏，物皆復本原」；黃山谷的詩「霜降水返壑，風落木歸山，冉冉歲將晏，昆蟲皆閉關」。只更動了後面一句。白詩「渴人多夢飲，飢人多夢餐，春來夢何處，合眼到東川」；黃詩「病人多夢醫，囚人多夢赦，如何春來夢，合眼在鄉社」。這一首也相差無幾。白詩「相去六千里，地絕山邈然，十書九不到，何以一開顏」；黃詩「相望六千里，天地隔江山，十書九不到，何用一開顏」。

范寥在宜州，便問過黃山谷，何以這些詩與白詩一般無二，儘管有人說黃點鐵成金，更動一兩個字，便截然不同，但出於白詩則毫無疑義。黃山谷的答覆比謝里登更妙，他說小時候唸過這些詩，久久便忘記是誰所作，而寫成是自己的了。

治《資治通鑑》的司馬光，以誠為天下倡，他所填的一闋《錦堂春》，其中「始知青鬢無傳，嘆飄零官路，荏苒年華。今日笙歌叢裡，特地咨嗟。席上青衫濕透，算感舊何止琵琶。怎不教人易老，多少離愁，散在天涯」。很明顯，司馬溫公這闋詞的後半，襲用了白居易〈琵琶行〉中的「江州司馬青衫濕」，但比起蘇黃兩大家原版照錄，卻又高明得多。

自心理學上分析，抄襲是一種至上的奉承，由於欣賞前人文詞之美，「殆無以易」，崇拜之餘，熟記在心，久久便像黃山谷一般在下意識中保存，列為己有了。作家與詩人年輕時抄襲別人，到晚年卻抄襲自己，生平得意之作，往往無意中在詩文內一再出現，自己卻渾然不察。

蘇東坡概嘆「人生如寄耳」，這一句在他的詩文中，出現了十幾次。

南宋大詩人陸放翁，晚年詩中，往往「重複」抄自己的詩句。朱彝尊《曝書亭集》中說：「摘其自相蹈襲者至一百四十餘聯」，如：

智士固知窮有命，達人元謂死為歸。〈老境〉
達人共知生是贅，古人嘗謂死為歸。〈寓嘆〉

大事豈堪重破壞，窮人難與共功名。〈晨起〉
壯士有心悲老大，窮人無路共功名。〈客思〉

風生雲盡散，天闊月徐行。〈夜坐〉
湖平波不起，天闊月徐行。〈夜坐〉又一首

殘燈無燄穴鼠出，槁葉有聲村犬行。〈冬夜〉
孤燈無焰穴鼠出，枯葉有聲村犬行。〈枕上作〉

民有褲襦知歲樂，亭無桴鼓喜時平。〈郊行〉
市有歌呼知歲樂，亭無桴鼓喜時平。〈寒夜〉

羸疾止還作，已過秋暮時，但當名百藥，那更謁三醫。（〈羸疾〉）

殘暑纔屬爾，新秋還及茲，真當名百藥，何止謁三醫。（〈醫囊〉）

詩史上，陸遊還只是小焉者，而以金代元好問的「複句」最多，抄自己當然也不厭其煩：

十年舊隱拋何處，一片傷心畫不成。（〈懷州城晚望少室〉）

重陽擬作登高賦，一片傷心畫不成。（〈重九後一日〉）

卷中正有家山在，一片傷心畫不成。（〈題家山歸夢圖〉）

元遺山自「一片冰心在玉壺」而演繹成「一片傷心畫不成」，十分顧影自憐，一用再用。

其他自抄的「複句」也多：

人世難逢開口笑，老夫聊發少年狂。（〈元都觀桃花〉）

佳節屢從愁裡過，老夫聊發少年狂。（〈東園賞梅〉）

就令一朝便得八州督，爭似高吟大醉窮。（〈此日不足惜〉）

就令一朝便得八州督，爭似綵衣起舞春斑斕。（〈朝哺芙送李參軍〉）

風流豈落正始後，詩卷長留天地間。（〈桐州與仁鄉飲〉）

風流豈落正始後，詩卷長留天地間。（〈題梁都運所得故家無盡藏詩卷〉）

惡惡不可惡惡可，未要雲門望太平。（〈臺山十詠〉）

惡惡不可惡惡可，笑殺田家老瓦盆。（〈贈劉君用可菴〉）

惡惡不可惡惡可，大步寬行老死休。（〈次首〉）

元遺山也算是詩史上，抄自己抄得最多的詩人之一了。

詩人偶見佳句，欣賞之餘，總覺還有美中不足，往往略事增添納為己有，後人不察，還以為詩翁信手拈來，便成妙句呢。例如李嘉祐有句「水田飛白鷺，夏木囀黃鶯」。寫初夏景色，十分入神。可是王維吟詠之餘，再各增兩字，境界不同，便成為他的名句了：

「漠漠水田飛白鷺，陰陰夏木囀黃鶯。」

民國二十年，「九一八」事變，日軍侵占東北，張學良以「不抵抗」備受抨擊，曾任同盟會祕書長及廣西大學校長馬君武，作〈哀瀋陽〉詩二首以譏：

趙四風流朱五狂，翩翩蝴蝶正當行；溫柔鄉是英雄塚，那管東師入瀋陽。

告急軍書夜半來，開場絃管又相催；瀋陽已陷休迴顧，更抱佳人舞幾回。

但馬君武也坦率承認，這兩首詩襲用李義山的〈北齊〉詩，原詩為：

一笑相傾國便亡，何勞荊棘始堪傷；小憐玉體橫陳夜，已報周師入晉陽。

巧笑知堪敵萬機，傾城最在著戎衣；晉陽已陷休回顧，更請君王獵一圍。

我在國父紀念館，見到國父墨寶「應靜江二兄雅屬」的對聯「滿堂花醉三千客，一劍光寒四十州」。十分欣賞寫情寫景的真切。花香確能醉人，我便有過這種經驗。民國五十八年我在臺南亞航時，晚上到聯誼社游泳，泳池四周種滿了夜來香，泳畢上池邊休息，夏夜的螢黃燈光下，那一陣陣濃烈的花香傳來，這才領悟到真能「花香襲人薰薰欲醉」，幾幾忘卻離去。也驚詫國父這一聯選句的真切，只是不曉得出處何在。後來才知道是唐僖宗時，貫休和尚投錢鏐的詩：

貴逼身來不自由，幾年勤苦踏山丘。滿堂花醉三千客，一劍霜寒十四州。萊子衣裳宮錦窄，謝公篇詠綺霞休。他年名上凌煙閣，豈羨當時萬戶侯。

這首詩也只有頷聯好，錢鏐頗為欣賞，叫人告訴貫休：「教和尚改十四州為四十州，方與見。」貫休這個和尚也是個牛脾氣，告訴來人說：「州也難添，詩也不改，俺閒雲野鶴一個，啥地方不能飛？」一甩僧袖就走人，詩決不改一個字，不見你了可以吧。

國父所寫的這副對聯，係應張靜江所請，嚴格說來並非原著，但並不是認同錢鏐自大的主張，而著重「四十」與「三千」對仗的工整，沒有用貫休原作的「十四州」。

民初的蘇曼殊為僧時，有一首詩聞名：

春雨樓頭尺八簫，何時歸看浙江潮，芒鞋托缽無人識，踏過櫻花第幾橋。

這首詩實質上卻有姜夔詩的影子：

細雨穿沙雪半銷，吳宮烟冷水迢迢，梅花竹裡無人見，一夜吹香過石橋。

八十七年底，我譯成了二戰期中日本海軍航空隊「擊墜王」坂井三郎的故事《荒鷲武士》(*Samurai!*)，他寫大戰末期，日軍駕機與敵艦同歸於盡的「神風特攻隊」青年飛行員，讚以四句：

他們永不退縮，他們永不瞻望；
飛載彈的座機，為國家而命喪！
(They did not flinch, they did not hestitate,
They flew their bomb-laden planes, and died for their country.)

很顯然的，這四句抄襲了但尼生(Lord Alfred Tennyson) 詠一八五四年英軍在克里米亞與俄軍作戰的名詩〈輕騎旅的衝鋒〉（"The Charge of the Light Brigade"）：

他們不作答覆，
他們不問原因，
他們只是衝鋒，
　　成仁！
(Theirs not to make reply, Theirs not to reason why,
Theirs but to do and die.)

這許許多多證據，列舉出古今中外詩人——都「無意」中襲用前人，雖賢者不能免；現代寫《荒原》(*The Waste Land*) 的大詩人艾略特（T. S. Eliot, 1888–1965）也不得不長嘆：

詩壇試啼，亦步亦趨；

羽毛豐滿，乾坤挪移。

(The immature poet imitates,
The mature poet plagiarizes.)

——八十八年二月二十六、七日「新副」

# 龔德柏寫張宗昌

龔德柏是近代的名報人，也是一位不世出的奇才，他的一生充滿傳奇，辦報以社評見長，決不假手他人，必親自執筆，月旦人物，針砭時政，直率敢言，對「動不得的聖牛」——當朝權貴，鮮少假以顏色，以「龔大砲」聞名於世。

他六十歲那年（三十八年）來臺灣，無報可辦，便賣文為生。沒想到第二年，即以發言賈禍。據張玉法氏《中華民國史稿》記載：

> 一九五〇年三月，名報人龔德柏在新竹陸軍大學講演時，批評孔祥熙、宋子文做財政部長時貪污舞弊，牽涉到蔣總統夫人宋美齡，情報單位聞訊即將龔逮捕監禁，並且不通知家屬或任何人。到一九五五年三月，立委成舍我在立法院提出質詢，

謂龔失蹤五年：「他究竟犯的什麼罪？關在什麼地方？誰都不知道，但似乎誰都知道。這五年中，他沒有受審，沒有判罪，沒有槍斃，卻也總沒有回家。」龔德柏於立法院質詢後一年多被保釋，但究竟所犯何罪？為何坐牢將近七年之久？沒有交代。

龔德柏則將這一段囚禁的起迄時間，記載得清清楚楚，他被「請去」為民國三十九年三月九日，幸得昔年在北京一同辦過「世界晚報」的成舍我，在立委期中提出質詢，終於在四十六年二月十八日獲得自由，關了七年（只差十八天）。他三度自稱這段期間為「過的是安全生活」；「在山中雲霧深處隱居七年」；以及「我有七年在山中休息」，以後絕口不提這段幽禁經歷。

八十七年十月發行的《湖南文獻》第一〇四期上，美國的朱培庚先生〈祝福校對〉一文中，便提到了他：

> 民初，被國人謔稱龔大砲的龔德柏先生，與成舍我在北京辦報紙，因敢於論斷時

政及批評北洋軍閥，銷路很廣。當時擁有重兵的張福來總司令統率部隊將入北京，龔得此獨家消息，乃用大字刊於頭版，標題是「張福來入京」。那時排版是由人工用手檢出一個個的鉛字排成活版來印的，前後要經過檢字、拼版、打樣、校對（當然不止一次）及主編最終審閱這麼多程序，這麼多雙犀利眼睛的注視之下，都沒發現錯誤，就趕忙印行上市了。大家搶著買來一看，標題竟是「張禍來入京」，把福字錯印成禍字（兩字輪廓雖然近似，但校對要負全責）。這個「禍」可闖大了，主帥一聲令下，要抓人槍斃。龔成二人幸而機警，早一步逃離（資料存臺北，大意是如此），但報紙終被查封停辦。

這一段軼聞與事實有一段差距，據龔德柏自己所說，他在北京自辦《大同晚報》，由王新命擔任總編輯，銷路不錯，「一天賺一百銀元，使我的經濟非常寬裕。」但十五年八月六日，「社會日報」的新聞記者林白水，因敲竹槓未遂，罵潘復（前國務總理）是張宗昌的「腎囊」，被張宗昌槍斃。龔德柏素不齒記者敲竹槓，對林白水之死並不同情，而是王新命據實直書，但龔的社論並沒有評張宗昌，他在〈我的奇怪運命〉中，提到：

張宗昌下令憲兵司令王琦，「抓到即槍斃」，但這次卻是例外，他們沒抓到。在我三十五歲前，沒有進過妓女之家；是年因一個貴州朋友李書俠，精於此道，故我有隨之前去的「前科」。是晚，老友王家楨（後任過外交次長，現在大陸），請我往姑娘家打牌，我未拒絕，打到四點始回家。在三點鐘前，偵緝隊的人在我門口等候，俟我回家就抓。從前每次如此，很容易抓到。但這次他候到三點鐘，我尚未回，天又下雨，稍寒，他以為我知道消息跑掉了，故他回去了。他去後我回家，所以他不知道。次早七點鐘，管翼賢（名記者）打電話給我，只說三個字：「你出去。」我就出去了，由此離開北京到上海武漢了。假使沒有例外的在妓女家打牌，那次捕去，我二次投胎，現在已三十八歲了。

他躲過了這一劫，使匆匆逃離北京；「大同晚報」遂為「部下羅介邱侵占，而結束了在北京的報人生命」。

因此，龔德柏以辦報的報導得罪張宗昌，幾罹殺身之禍，倉皇落荒而逃，僅以身免，而非朱文所說為張福來一字之誤。

龔德柏自稱「一生膽大妄為」，終生際遇也大起大落，但他據實直書的湖南騾子脾氣，卻值得後人景仰。他一生寫過許多富於創見的文章，像稱讚曹操而罵王允；斥羅貫中的《三國演義》……諸多文字，便是春秋筆法。

張宗昌在近代史中列為軍閥之一，稗官野史以及電影電視舞臺劇，莫不以這位「狗肉將軍」與「張大帥」，作民國軍閥的反派典型。但龔德柏寫張宗昌並不泛泛而談，一筆帶過，而寫得十分詳盡：

現在要說張宗昌的為人了！他是軍閥毫無疑問。自十三年冬直派吳佩孚倒潰後，山東歸奉派所有，張宗昌就是督軍。他有十萬以上的兵，但都是烏合之眾，不能打死仗。他在政治上胡鬧，山東被他鬧得一塌糊塗，這是絕對事實。尤其山東省銀行自己發行鈔票，張宗昌用錢如水，鈔票發行不知其數，遺害山東人民，這都是張宗昌的罪惡；所以在公來講，張宗昌雖槍斃十次，猶有餘辜。但在私人方面講，張宗昌卻是極好的人，能使我欽佩。

龔德柏最稱讚張宗昌的孝：

他在山東最為人稱道的一件事，就是把已改嫁的母親接到督軍署奉養，這還是人情之常。他並將其母改嫁之夫也接入督軍署，同母一樣奉養，朝夕問安，這不是常人所能作到的事。中國數千年歷史，承認後父的，恐怕不多，以我淺學，只知他一個人。

十五年，奉軍占據北京後，這年他為母作壽，許多士大夫都往拜壽，他把北京所有名伶都叫去唱戲（不是白叫係給重金，如余叔岩、梅蘭芳、楊小樓，每齣五百元，與北京堂會價一樣），「探母回令」一戲，余叔岩四郎，梅蘭芳公主，陳德霖太后，龔雲甫太君，這種配搭，北京常見，但高慶奎六郎，尚小雲四夫人，即在北京也是沒有的。這一次堂會至少花費十萬金以上，足見他用錢如水，當然是他的罪惡無疑。但這樣的好戲，自西太后死後，任何時代都沒有吧！

至如張宗昌以「好色」聞名，龔德柏並不隱諱：

張宗昌愛女人，絕無問題，他的姨太太不知其數。《故都春夢》裡說：他搶鼓女當第六位姨太太，那太客氣了！他的姨太太至少有幾十個，或超過一百亦未可知。但這些都是用錢買來的，動輒給幾萬元（銀洋），決不刻薄人。但他的姨太太，玩過即擺在那裡，他絕不驅逐，妳要去妳去好了，決不追回；妳姘人任妳自由。所以侍候她的男傭人，就等於是她的丈夫。妳姘了傭人，不但不殺不打，而且給一筆巨款，任妳們兩人同居。他要到某姨太太那裡去住宿，先以電話通知。曾有人對他說：「你去好了，何必以電話通知呢？」他答得最有趣，他說：「恐怕有別人先在那裡，碰面不好意思。」這與《故都春夢》所演的張大帥完全相反，他這種度量，不是常人所能及的。

他在文中更稱讚張宗昌的義氣：

他從前當土匪，是馮國璋將他收編，所以他對馮家必恭必敬，數十年如一日。他與馮國璋的兒子某非常交好，有一次馮某將中國銀行股票十萬元存放他家，擬變賣現款使用。突然馮某死了，股票事沒有第二個人知道。他到馮家弔喪數次，一日對馮某之子著唐說：「你到我家來好嗎？」這時馮著唐尚未成年，乃到他家，他把十萬元股票交還著唐，並告原因。這時張宗昌在湖南喪師之後，還未被張作霖賞識之前，正窮困不堪，仍能將十萬元股票退還，這一行為，即士大夫有幾個人能之。這件事是馮著唐先生去年親自告訴我的，馮先生是國大代表，現住臺北縣中和鄉。

張宗昌在未被張作霖重用前，在哈爾濱落難，一日因餓倒臥路旁，若無人救助，不久就會凍死。適被一白俄發現，乃將其救醒，帶他至白俄住處。這時白俄就是乞丐，他們乃分飯而食，成了莫逆之交。後來張宗昌時來運轉，白俄知道了，也無從尋找他。他當山東督軍後，一日在天津法租界國民大飯店宴請各國領事，白俄知道了，乃到國民大飯店找他，當然他的衛兵不肯為通報，白俄仍不肯離去，須俟張宗昌出來，再向前攀談。後來衛兵有人代白俄向張報告，門外有一白俄某某要見。他正一杯在手，聞之不暇釋杯，即至門口將該白俄迎至餐廳，請其上坐，並當面對各領事述說他與白俄間一段故事，這也不是普通人所辦得到的事。

龔德柏對張宗昌恥為漢奸，不肯為日本軍閥收買以阻撓國民革命軍北伐，尤認為難能可貴：

張宗昌還有一事，於革命軍北伐之成敗大有關係，值得大書特書。即十六年北伐，由南京向山東進攻。這時張宗昌是山東督軍，首當其衝。而日本是軍閥田中義一任首相。田中因絕對無法獲得五千萬元鉅款（等於美金兩千五百萬元），始改為利用張宗昌，以阻止革命軍之計畫。

即日本出兵一個師團，改裝為山東軍，以日本的武器，擔任第一線與革命軍作戰。當時革命軍士氣雖盛，但武器不良，要戰勝這個日本師團，殊不可能；則日本阻止革命軍北伐的計畫即告成功。日本人與張宗昌交涉，張宗昌卻堅決拒絕。他說打敗了，就算了，決不要日本軍隊替他作戰，使他成了漢奸，遺臭萬年。因張宗昌不為日本利用，使日本軍閥一籌莫展。

強盜出身的軍閥張宗昌，竟如此深明大義，決不作漢奸。這較之文人出身的汪兆銘、王克敏、梁鴻志輩，不知高明多少萬倍！「盜亦有道」於此益信。

龔德柏也就張宗昌之死，作了詳細說明：

二十一年九月，山東省政府主席韓復榘，歡迎他到濟南去，他坦然前往。他身上帶手槍，係很新式的，在宴席上，韓復榘所收容的反中央的軍閥石友三要看他的手槍，他解下給石友三看，石大加讚美該手槍。他乃將手槍贈送石友三。其實這都是謀刺張宗昌的計畫。恐他有手槍，行刺者反而被殺，故以騙局騙其自行解除武裝，以便行刺。

這時張宗昌雖沒有向山東搗亂的意思，但韓復榘始終怕他搗亂，故誘其來山東而刺之。他們設計使馮玉祥舊部鄭金聲之子負責。蓋鄭金聲在與張宗昌作戰時被俘獲，後被槍斃，故使其子鄭繼成以報父仇為名而行刺，以為名正言順。晚餐後韓復榘等送張宗昌上車，鄭繼成即開槍。張宗昌因身上沒有手槍，只得由車上跳下而逃，被鄭繼成趕上打死，遂結束此一代軍閥。但與《故都春夢》所演的張大帥，確為兩人，則敢斷言。

令人稱奇的是，他有生第一次破產遭掃地出門，若非桃花護命，早已在北京天橋刑場作了槍下之鬼，可說他命中的第一剋星便是張宗昌了。按常情來說，龔德柏大可以如椽之筆，繪影繪聲添油加醋，狠狠修理張宗昌這廝一番，叫他萬世不得翻身，以洩破產亡命之恨，而且國人還會拍手稱快。但他偏不，反而實事求是，把張宗昌私人的孝義仁愛，不為人知的一面寫出來，為歷史留下了正確的紀錄，且譽張為中國數千年歷史中的「極好」，大出世人意料之外。從這一點便可知「龔大砲」之奇之直了。

——八十七年十二月八、九日「世界論壇報」

# 乾隆的日記

九十一年十二月二十日，我去臺北市外雙溪故宮博物院參觀「乾隆皇帝的文化大業」展覽，展出作品最最使人有臨場震撼感的，便是郎世寧在乾隆八年（一七四三年）所繪「十駿圖」之一的「雪點鵰」駿馬圖，以前雖在郵票上見過，這次初睹真跡，誰知畫本竟高達兩百七十公分，寬兩百三十八公分，馬像與真馬同一尺寸，站在這匹日行千里棕身白蹄的雄壯神駿前，牠正向你注視，栩栩如生得幾乎可以聞到牠身上熱騰騰的汗血味道，聽得到沉重的噴鼻聲，真正為之屏息。設想「十駿圖」如果同時展出，得要一間籃球場面積的展覽室才夠容納，而這卻只是乾隆一生收藏珍品的萬分之一！回味這次展出的寶藏，故宮博物院的書畫文物藝品，可能百分之八十都曾為乾隆所創造、珍藏、蒐集、品題、鑑賞及把玩，故宮博物院別名為「乾隆博物院」也不為過。展覽廳門牆邊懸掛乾隆在世時一幅開疆拓土的「清代疆域圖」，北起庫頁島，南瀕安南，東界日本，西抵哈薩克，一片莽莽神州，有清一代的版圖疆域文治武功，盛於一人，不禁衷心崇敬盛讚：「偉哉乾隆！」

全場中，雖只展出《四庫全書》經、史、子、集各數本，卻展示出中國文化的精華，經過謹嚴的校勘，成為原著光華盡現的定本，再結合優美的書法，是多麼完美的一種呈現。我自商務印書館曾購得「景印文淵閣四庫全書」平裝本幾十冊，便對這些書的書法美、字跡大，入迷得不忍釋手。及至在這次展覽中看到真跡，每一冊都有大八開那麼大，想想竟有三萬六千三百八十一冊之多，窮一生之力也看不完，令人嘆為觀止。

乾隆時代的文物，除了珍藏的文淵閣《四庫全書》以外，更有《四庫全書薈要》一萬一千一百八十冊，還有《天祿琳琅書目》、《石渠寶笈》、《祕殿珠林》、《西清古鑑》、《西清硯譜》、《十三經注疏》、《全唐詩》……即以乾隆這一朝所出的文史巨構，便足以使故宮博物院成為霞光萬道，瑞氣千條的鎮臺之寶。

只是，我只覺得這次展出，故宮博物院有所保留，並未寶器全出，乾隆成年後，一生從未止息過日日必撰的珍貴資料，並沒有公開展出，那便是乾隆的「詩集」。

乾隆的詩集，臺灣坊間有兩個版本，都出自故宮博物院，第一個本子即為商務印書館七十年「景印文淵閣四庫全書」中，與《御製文集》分開的《御製詩集》；第二個本子卻是故宮博物院本身在民國六十五年七月，以武英殿刻本景印的《清高宗御製詩文全集》。兩相比較，前者為詞臣手書，較為美觀；後者則各集都有乾隆御筆存真，文詩並集，參考更為方便。奇怪的是，故宮博物院有這種寶藏在握，卻雅不欲以示人，在這次「乾隆皇帝的文化大業」展覽中，「兩種版本的「詩集」都告缺席。

乾隆是古今中外，空前絕後的一位大詩人：他在「幾務之下，無他可娛，往往為詩」，竟和白居易一般「人各有一癖，我癖在章句，萬緣皆已銷，此病獨未去」。嗜詩成迷，不可救藥；他不但在潛邸阿哥時代，便結集出詩，即位六十年，幾幾乎無日不吟，每事必詠，舉凡古風、長歌、今體，無所不備。

詩人寫詩，必需有幾個條件：一為健康，二為性靈，三為才氣，詩為心血所傾，李清照若夢熊有兆時，決寫不出〈醉花陰〉。詩人只有身心均衡時，才能融匯性靈才氣，出口成章，下筆若有神助。歷史上體健壽高而詩多的詩翁，唐代為白居易，寫詩一千零五十六首；宋代陸游後來居上，寫詩兩千五百二十四首（見《劍南詩稿》序）。而乾隆在八十歲所寫的〈鑑始齋題句識語〉中，親自報導他寫詩的篇什：

在位六十年，以每十二年一紀為一集，共有詩五集。

「初集」丙辰（乾隆元年，一七三六年）至丁卯（乾隆十二年，一七四七年）四一六六首。

「二集」戊辰（乾隆十三年，一七四八年）至己卯（乾隆二十四年，一七五九年）八四八四首。

「三集」庚辰（乾隆二十五年，一七六〇年）至辛卯（乾隆三十六年，一七七一年）一一五一九首。

「四集」壬辰（乾隆三十七年，一七七二年）至癸卯（乾隆四十八年，一七八三年）九九〇二首。

「五集」甲辰（乾隆四十九年，一七八四年）至乙卯（乾隆六十年，一七九五年）七七二九首。

他自「丙辰（嘉慶元年，一七九六年）授璽」以後，三年中又得詩七百五十首，編為《餘集》，再加上皇子時代《樂善堂全集》中所題的詩八百四十二首。合計起來，從他能下筆為文的十六歲起，到退位崩逝的八十九歲止，七十三年中，從不間斷，一共寫了四萬三千三百九十二首詩！每年平均寫五百九十四首詩；一生兩萬六千六百四十五天中，幾幾乎每天寫一·六首。寫得最多的十二年為《三集》，四千三百八十天中，每天平均寫二·六首；即令以八五高齡退位的三年一千零九十五天中，平均十天要寫七首詩。這種恆心，這種體魄，這種才力，為中外古今絕無僅有的成就！無怪乎他大去前作豪語：「本朝輯《全唐詩》一代三百年，二千二百餘人之作，才得四萬八千九百餘首，以予望九之年所積篇什，幾與全唐一代詩人篇什相埒，可否謂藝林佳話乎！」以一人而敵全唐，這豈只是藝林佳話，根本就是舉世巍巍獨尊的「詩帝」。

只是，令人奇怪的是，乾隆的詩名竟為政績所掩，兩百年來，似無人道及。清代詩評當然有所顧忌，不敢擅論；可是民國成立九十二年以來，也從沒有人提過。民國以後，關於乾隆皇帝的傳說、小說、戲劇、電影、電視劇，汗牛充棟，從六十年前的《乾隆皇帝下江南》章回小說，到十年前宋項如的電視劇「戲說乾隆」，以及五年前二月河的長篇小說《乾隆皇帝》，都從沒有提過乾隆的詩，彷彿他這十巨冊近百萬字作品並不存在似的。我曾在民國八十年一月十四日「青副」為文，即依據〈鑑始齋題句識語〉一文，提到乾隆詩一生寫的數字，十一年以來反應寂寂。即連這次故宮博物院以乾隆為主題的大展，在印刷精美的《乾隆皇帝的文化大業》一冊上，也僅僅只有陳捷先教授文後短短兩行的一註。

我為詩詞檻外人，對這項現象大惑不解，曾問一位詩評家，何以詩壇不看重乾隆的詩，他回答說：「乾隆的詩無品！」乾隆的自述卻不同，他認為自己並不是沉迷於詩，但也不是隨便寫寫，更不想與文人學士一較短長。他說：

> 予少時即喜作詩，不屑為風雲月露之詞，自御極以來，雖不欲以此矜長，然於問政、勅幾、一切民瘼國是之大者，往往見之於詩。然予初非以韻語一事，與文人學士絜重多寡也。夫詩以言志，言為心聲，非僅絺章繪句，如詞人東塗西抹之為；且為人君者，若專以吟詠為能，亦即溺情之一端，自古有戒，予曷肯出此。實因予臨御六十餘年中間，大功屢集，鴻儀疊舉，兼以予關心民事，課雨量晴，占年

省歲，數十載如一日，而閱事既多，析理尤審，即尋常題詠，亦必因文見道，非率爾操觚者比，乃質言非虛語也。

乾隆一生經年逐月以詩為日記，舉凡「大功屢集」的「十全武功」，都有長詩記載，以詩的精鍊文字記繁雜的國政。例如：乾隆二十三年（戊寅，一七五八年）〈平定回部之役〉，以詩慰將軍兆惠〈庫隴癸之戰〉：

威弧有事射天狼，三穴窮追那許藏。鋌險賊人雖鼠竄，擣虛士氣正鷹揚。五更直襲屯營寨，兩騎先收牧馬羊。以少勝多張撻伐，將軍誠勇著旂常。

此外，他也在字裡行間，透露內心的感情，例如這次展覽中，所有文物都有說明，惟有郎世寧所繪的一幅女像油畫，卻為「無題」。畫中的女將盔明甲亮，粉面星眸，英氣逼人，大內深宮還能佩刀，顯然是乾隆的內寵。據說，這就是兆惠在「回部之役」奏捷後，在二十三年獻給乾隆的香妃。當時乾隆四十七歲，正是春秋鼎盛活力生猛之年，而後宮后妃卻都已進入更年期，對這一個國色天香兼而有之「天上掉下來的禮物」，自是喜悅逾恆，為她在深宮大內之南，另修獨立一隅的「寶月樓」，除了寫〈寶月樓記〉，還年年賦詩，二十四年春第一首〈題寶月樓〉，便掩不住他內心「金屋藏嬌」的竊心感：

南岸嫌長因構樓，樓臨直北望瀛洲。一泓水鏡呈當面，滿魄冰輪暎舉頭。金掌夜盤流沆瀣，玉街晨珮響琳球。康家佳句誰能繼，處上常殷保泰謀。

乾隆的每一天生活，雖然先有《起居注》，後有《實錄》作成紀錄，但畢竟為史臣所擬，並非乾隆心中所想的事，所要說的話。我愧不能詩，但也沒有詩論的包袱，所以不從詩體、格律看這些詩，而認為這只是乾隆內心的夫子自道，是乾隆實實在在的一部日記，只不過以含蓄、隱喻、精鍊的「詩」方式，記錄他的心聲而已。

詩既成為乾隆生活中不可或缺的日課，詩集以年月日計程，他也說到「詩以言志」，每天不寫便手癢。我把乾隆的詩集作日記來看待，跨出過成功的一步。十六年前，我曾在七十七年五月的《歷史》月刊上，發表〈盧溝曉月兩百三十七年〉一文，考據乾隆題

「盧溝曉月」那塊碑，時在乾隆十六年（一七五一年）。因此我在那篇文字中，繼續作了「大膽的判斷」：

> 乾隆在十六年那年，一連寫〈京師八景〉，可以合理判斷，是他首度南巡，在西湖見到了皇祖康熙在三十八年（一六九九年）御筆親題西湖十景而深受影響。所以回到北京，一口氣將京師八景，分別題字立碑，「盧溝曉月」也就在那一年立碑問世。

「大膽的判斷」必須有「小心的求證」支持才能站得住腳。我求證題碑的月日，原想「在《清高宗實錄》中天天查閱，不怕查不到題碑日」。然而，走查《實錄》的這條路子，卻使我大失所望。後來轉而到「乾隆的日記」中，才終於解決了題碑時間的問題。

乾隆在十六年第一次「下江南」，在春暖花開的四月北返，五月抵京師，我當初推斷「他題『盧溝曉月』，可以推定在當年的六月到十二月」。從他詩集的「二集」中，找出〈盧溝曉月〉，果然是在十六年；而吟詩題碑的日期，更縮小到六月九日以後，到立秋以前。因為他詠「燕山八景」詩，前面登錄的一首為「六月九日暑風新爽，御門聽政後，率諸王大臣等，泛舟觀荷有作」，而後面有日期的一首，則為「立秋日作」。因此，乾隆御筆題「盧溝曉月」碑，是在十六年初秋，便可以確確實實因詩集刊載的時日而斷定了。

乾隆日理萬機，猶以吟詩為能事，固有「創紀錄」的毅力與雄心，也為了以才氣示臣下，使天下臣民衷心欽服，成為統御億民的威望之一。除此以外，我認為，最最重要的，寫詩為乾隆養生之道。他作詩除了「言志」、「紀事」以外，還有「怡情」的作用，可以減輕日理萬機的國政壓力。他的詩集中，對許多景物、事情，幾幾乎一詠再詠，然而卻殫精竭慮，務必不相雷同。以詠盧溝橋為例，先後四十年中，竟有三十九首之多，卻首首迴異；他每年除夕封筆，元旦試筆，例必有詩，六十年中，這一百二十首主題相同的詩，也毫無陳陳相因的字句；他對藝品的把玩，書畫的欣賞，山水的描繪，無不一再題之以詩，寫出自己的心得與感受。這種移情減壓，對保持國君的身心健康大有助益。以乾隆的父皇雍正來說，就大位前的《雍邸集》三百九十六首詩，只有兩首詠自鳴鐘，顯見得他不喜歡「玩物喪志」、「吟風弄月」。就位大寶後的《四宜堂集》一百九十一首詩中，更向政治一面倒，賜親王大臣詩三十三首，寫給怡親王允祥二十六首；而硃批諭旨則多達三百六十卷，諭內閣一百五十九卷，泛八旗議奏四十八卷。可見他一心求治，卻不知道放鬆自己，無怪乎竟以五十八歲英年崩殂，以現代醫學用語來說，便是壓力太重的「過勞死」。乾隆的皇祖康熙，一代賢君，何嘗不是早逝，他八歲即位，六十九歲駕崩，如果能多活二十年，活到皇孫乾隆的年紀，清代的文經武略，可能會是另一番氣象。

因此，我認為乾隆能壽高八九嵩齡，超邁康熙與雍正，而成一代盛治，得力於他知道以藝術欣賞培養性靈，以詩癖怡情以養身心。書畫家多長壽，詩人亦然！有乾隆可以為證，而一代有為的明君能長壽，政治穩定，萬民有福了。

我國對這位偉大君王的評論，令人訝異，兩百年來，竟沒有人探討他寫出內心感受的「詩集」，足見對乾隆的研究，可待開拓的空間還大，再期以五十年，或許我們才能夠徹底了解乾隆。

後世平民百姓評定歷代統治者只有兩項標準：他在位時，是不是國泰民安？駕崩以後為人民留下了什麼？從這兩項上，歷代帝王中，乾隆可以位列前茅，他不但開疆闢土，為後世臣民擴大了「生存空間」達數萬里；而且以他的博學深知與高雅品味，保存了無數的藝術精品，更以權力保育文化，一部七閣的「四庫全書」巨構，便足以傲視古今，

# 三民叢刊精選好書

## 文字不只是文學

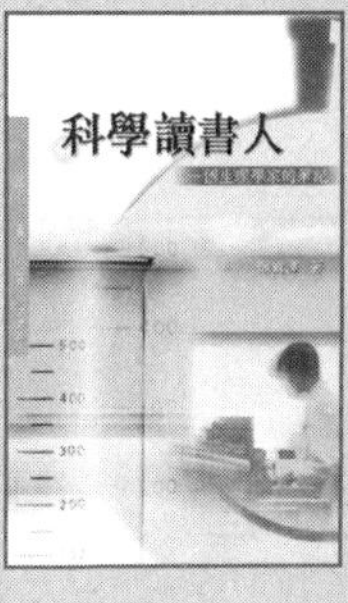


### 科學讀書人

潘震澤

科學與文學、藝術並無不同，都是人類最精緻的思想及行動表現。本書介紹了一些科學發現及許多科學家的故事，解答了許多令人迷惑但深感興趣的問題，並對科學與文化的現象提出獨到的看法，讓讀者輕鬆進入科學的世界，欣賞豐富的知識內涵。

### 橘子、蘋果與其它

陸以正

世紀雖已更新，臺灣所面臨的多半還是舊問題。各種稀奇古怪的施政主張，無不令識者搖頭歎息。當大陸持續成長，臺灣卻繼續沉淪，在這樣險惡的環境下，如何自處，實在是你我不能不關心的課題。本書正是懵懂末世裡，一記醒人的警鐘。

### 詩來詩往

向明

本書試圖對文學典律公案甚至楹聯，以現代眼光加以評估探討，並將平日少為人知的詩作，集其主題類似者加以整理，鉤沉索隱，化舊聞為新知。作者以詩人的感性著筆，絕無枯燥的說理及繁瑣的引經據典，諧趣輕鬆，對時下流行的文化現象做出匡正。

使歷代帝王失色。

我國歷朝偉大帝王中，一般首推統一天下的秦始皇，但是乾隆統治的疆域遠遠超過秦代，更沒有焚書坑儒摧殘文化，他以異族入主中原，不但保持了滿族文化，而且使中華文化發揚光大；他深愛藝術，以皇家之力作文化藝品的保存，傳諸後世，卻不自私，不像唐太宗派蕭翼賺得王羲之所寫的〈蘭亭〉真跡，臨終竟傳旨陪葬，名家書法竟與骸骨在地宮同腐朽。在治國上，雖然《清史稿》說他「耄期倦勤，蔽於權倖」，那只是大醇小疵，乾隆一生沒打過敗仗，沒喪失過疆土，沒殺過手足，沒任用過宦官，沒聽信過婦言，比起「千山萬水，知他故宮何處」的宋徽宗、「揮淚對宮娥」的李後主，那些「以吟詠為能」，只知吟詩作畫，不知治國而誤盡天下蒼生的亡國之君，實有霄壤之別。從歷史成就上看，只以這一次故宮博物院大展的文物，以及一部空前絕後的「詩集」，乾隆足可稱為我國歷史上，揆文奮武，光耀千古的偉大皇帝。

——九十二年二月三日初三作（後載「華副」，日期已忘）

國家圖書館出版品預行編目資料

效犨五十年／黃文範著.－－初版一刷.－－臺北市；
三民，2003
面；　公分－－(三民叢刊:266)

ISBN 957-14-3885-5　(平裝)

855　　92018132

網路書店位址　http : // www. sanmin. com. tw

# © 效犨五十年

著作人　黃文範
發行人　劉振強
著作財產權人　三民書局股份有限公司
臺北市復興北路386號
發行所　三民書局股份有限公司
地址／臺北市復興北路386號
電話／(02)25006600
郵撥／0009998-5
印刷所　三民書局股份有限公司
門市部　復北店／臺北市復興北路386號
重南店／臺北市重慶南路一段61號
初版一刷　2003年11月
編　號　S 811130
基本定價　貳元肆角
行政院新聞局登記證局版臺業字第〇二〇〇號



ISBN　957-14-3885-5　(平裝)